UKRAINE
LA POÉSIE EN GUERRE

Dépôt légal : 2025
ISBN : 978-2-492867-82-8

Mise en page maquette intérieure
et maquette de couverture :
Thierry Schmitt/TS Infographie

www.editions-abstractions.com

COLLECTIF

UKRAINE
LA POÉSIE EN GUERRE

POÉSIE

CRÉÉ ET DIRIGÉ PAR
VOLODYMYR TYMCHUK

ABSTRACTIONS

Le présent ouvrage a été publié avec le soutien de Literary Agency OVO, de Volska Literary Agency et du PEN Club français.

PRÉFACE

La guerre

par **Volodymyr Tymchuk,**
directeur de l'ouvrage *Ukraine – La Poésie en Guerre*
à l'attention des lecteurs francophones.

En 2024, dans un camp militaire français, une nouvelle brigade des Forces armées ukrainiennes a commencé son entraînement. Elle portait le nom d'Anne de Kyïv, reine de France du XIe siècle, fille d'un grand prince de Kyïv. Pour la première fois, la France a formé des combattants ukrainiens, les a équipés d'armes produites par sa propre économie. Ainsi, on peut dire que l'Histoire devient une arme…

Beaucoup de gens attentifs ont remarqué depuis longtemps que la ʀussie utilise l'Histoire, l'enseignement, la culture, sans parler de la technologie, des inventions et même des réseaux sociaux comme une arme. En effet, aujourd'hui, la ʀussie est le seul État au monde proclamant avoir l'intention de renouveler « la justice historique » et défendre les acquis culturels, et, pour cela, elle fait rentrer ses troupes armées dans d'autres pays en semant autour d'elle la mort, la violence et le mensonge. C'est pour cette raison que la position de sociétés libres d'extraire des aspects culturels de l'essence militaro-étatique de la russie et de ses représentants constitue une menace vitale, car le soldat russe tue pour qu'il y ait plus de Pouchkine, plus de textes comme *Eugène Onéguine* et de tableaux comme *Les Bateliers de la Volga* ; il tue pour qu'il n'y ait plus d'autres œuvres, d'autres cultures ni de points de vue concurrents. La russie prêche donc un totalitarisme spirituel et culturel au niveau mondial – une pratique utilisée par des représentants russes et pro-russes de la culture, des arts, de l'enseignement, du sport et de la littérature, au grand dam des gens attentifs prônant l'égalité, la fraternité et la protection des opprimés.

Après les deux guerres mondiales du XXe siècle, les peuples de l'Europe avaient trouvé un consensus : la valeur de la vie est absolue, le droit de vivre ne peut pas être dénigré. La russie détruit la vie en Ukraine ; elle n'apporte pas la culture et l'éducation mais la destruction, non seulement des petites habitations dans les steppes ou les villes mais aussi celle des bases de la cohabitation des peuples. Des mêmes peuples qui, pour qu'il n'y ait plus de menace de destruction du monde, s'étaient mis d'accord sur les droits de l'homme en créant l'Onu, qui s'étaient mis d'accord sur l'inviolabilité des frontières à Helsinki, qui s'étaient mis d'accord sur la réduction des effectifs des armées (après la réunification de l'Allemagne et les déclarations d'indépendance des ex-républiques de l'Union soviétique). Toutes ces actions ont été vaines : le monde n'avait pas vu la grimace guerrière de moscou derrière son masque culturel. Il est évident qu'il faudrait refonder les institutions spécialisées dans la recherche sur ce pays, en refusant les idées préconçues et les subventions russes, car les appréciations erronées ont des conséquences fort indésirables. Il est évident qu'il faudrait fonder des institutions destinées à étudier les peuples (leur vie culturelle et sociale) ayant résisté à la Russie ou qui, selon sa vision, font partie de sa sphère d'intérêt géopolitique et de son orbite culturelle. L'Ukraine et les Ukrainiens sont (y compris, d'un point de vue historique, par le passé) ceux qui ont l'expérience la plus longue de cette coexistence dont la lutte faisait partie. À notre avis, l'Ukraine peut devenir, pour le monde, le point de convergence de plusieurs intérêts à la recherche de solutions pour conserver et garantir une existence pacifique et juste des peuples, des familles et des personnes, sans discrimination de langue, de culture, de vision du monde et autres caractéristiques.

Les brèves notes ci-dessus expliquent, en partie, pourquoi les auteurs ukrainiens, dans leurs œuvres poétiques, utilisent des contextes et références historiques et culturels. L'utilisation de telles références a été flagrante pendant les cent premiers jours après le 24 février 2022. Ce procédé a défini les « fondations géographico-historico-culturelles » de cette anthologie que, depuis l'Ukraine, nous présentons au lecteur francophone.

Dans les conditions d'une guerre totale, la ligne du front s'est étirée sur 2 000 kilomètres – de Tchernobyl à Enerhodar –, ces deux villes symboles d'un « atome pacifique ». Elles ont été saisies par ceux que nous pouvons considérer comme des terroristes menaçant la sécurité écologique de l'Europe entière. Cette ligne de front s'étire jusqu'à nos frontières occidentales, que des Ukrainiens ont franchies à la recherche d'un abri temporaire (et pour cette hospitalité envers nos familles, nous, les militaires, sommes reconnaissants). Dans ces conditions et sur toute cette ligne de front, les poètes ukrainiens ont écrit leurs propres histoires personnelles de guerre. Nous les avons réunies.

Cette préface est donc une sorte de guide unissant le fond historique et les explications et commentaires nécessaires à une vision globale de cette anthologie poétique. En la préparant, je me suis souvenu que, dans ma bibliothèque, je devais avoir un petit livre liant l'Ukraine et la France au travers de ce prisme historique. Il s'agit d'*Évangile de Reims d'Anna, fille d'Yaroslav* (Toronto, fondation Encyclopédie de l'Ukraine, 2018), qui contient les reproductions de fragments d'un texte manuscrit (Mt 20, 1-8) ayant survécu aux siècles passés. Pendant plusieurs siècles, l'original fut considéré comme l'une des reliques du couronnement avant de devenir une partie de l'héritage culturel de tout un peuple. La future reine de France l'aurait apporté, dans les années 1050, à la cathédrale Notre-Dame de Paris depuis la cathédrale Sainte-Sophie de Kyïv, le centre de la Rus', qui, quelques siècles plus tard, avait choisi, contrainte et forcée, un nouveau nom : Ukraine.

Devant la rédaction, se posa alors une question cruciale : donner corps à plusieurs traductions. Au tout début du printemps 2022, des poètes, critiques littéraires et traducteurs ukrainiens ont lancé une initiative, la Journée mondiale de la poésie pour l'Ukraine. Le 21 mars 2022, dans une Ukraine en proie aux bombardements, dans un contexte d'écroulement des organes du pouvoir et des institutions publiques, nous avons réussi une présentation *on-line* de lectures de poésies ukrainiennes, en donnant voix aux Ukrainiens se trouvant dans des abris antibombes, des caves, des trains ou déjà dans les centres pour réfugiés. Les combattants qui, armes à la main, étaient sur le front avaient enregistré leurs œuvres en avance, pour que l'équipe ait le temps de les traduire et de créer des sous-titres en anglais, français, allemand et espagnol. Le même jour, la directrice générale de l'Unesco, à l'occasion de la Journée de la poésie, n'a pas mentionné la grande guerre sur le continent européen, qui dure, en vérité, depuis 2014. Notre équipe a réagi à ce mépris et cette injustice dommageables en proposant d'elle-même de préparer un message à la communauté mondiale depuis les sites ukrainiens inscrits au patrimoine de l'Unesco, dont la cathédrale Sainte-Sophie de Kyïv. Nous avons commencé à préparer des publications en plusieurs langues – nous avons effectué une sélection rigoureuse de textes parmi toutes les œuvres écrites par les poètes ukrainiens les premières heures, jours, semaines, mois de l'agression à grande échelle.

Tout d'abord, nous nous sommes efforcés de proposer une variété poétique, car chaque poète a son propre style. Nous avons voulu également présenter un large éventail géographique et social. Depuis tous les coins de l'Ukraine et de l'émigration, nous avons voulu réunir les voix d'écrivains professionnels et celles de ceux pour qui la poésie est le sens de l'existence ou de l'expression, comme celles de ceux pour qui la poésie est une activité parmi d'autres (comme dans la poésie des combattants). Nous avons également tenu à présenter une sélection thématique en montrant la polyphonie transformée en un seul chant de guerre. De cette façon, cette sélection d'œuvres originales et leur traduction a défini les décisions concernant :

a) la présentation graphique des noms concernant l'agresseur $_{r}$usse avec une lettre en indice inférieur ou une mise en lettres capitales de la double consonne « ss » , comme dans l'expression « paix ruSSe » ;

b) la transcription des toponymes et des noms propres, validée par des spécialistes de la langue française ;

c) l'explication de certains faits et toponymes dans le glossaire à la fin du livre ;

d) la mise en place d'un questionnaire pour les auteurs, traducteurs-rédacteurs et autres participants à ce projet. Les réponses à trois questions-clés sont présentées dans le recueil : 1) Comment la guerre a-t-elle changé votre vie ? 2) Quelle est la fonction de la poésie (et de l'art en général) en cette époque marquée par la guerre et les crimes contre l'humanité ? 3) Qu'est-ce que l'auteur veut et peut dire d'important pour le monde aujourd'hui ?

Ainsi nous présentons les réactions des auteurs aux évènements en temps de guerre. Beaucoup de participants à cette anthologie se sont retrouvés dans l'épicentre des combats ou ont participé au sauvetage de la vie des autres et des leurs – pour cette raison, ces œuvres sont des témoignages littéraires de la réalité, et la compréhension de celle-ci à travers la perception émotionnelle des auteurs, de leurs certitudes ou de leurs expressions irrationnelles à la recherche de force, de réconfort et de justice. Plus de 150 traducteurs et rédacteurs se sont joints à ce projet, dont la première édition a vu le jour en Ukraine, aux éditions Astrolabe, en 2024 : In principio erat Verbum : *Ukraine. La Poésie en guerre.*

L'explication de ces choix se trouve dans le domaine historico-culturel, ou plutôt dans le domaine existentiel. Le monde a longtemps été émerveillé par la grandeur proclamée russe. Les petits rois de moscou avaient d'abord rêvé de la conquête d'un État qui s'est successivement appelé Rus', Ukraine, Hetmanat (ce dernier nom désignait l'État des cosaques). Plus tard, ils avaient rêvé de l'empire des mers aux mers, voire plus : des océans aux océans (l'accès à l'océan Indien devait être un pas final dans l'hégémonie du panslavisme-communisme et du nouveau Sud global). Moscou pratiquait une politique d'extermination, d'assujettissement et d'assimilation de tous les peuples qui, sur leurs propres terres, ont été obligés de choisir comment réagir à son expansion. Le peuple ukrainien a résisté pendant de longs siècles à l'invasion et la soumission (l'assimilation), tandis que Moscou utilisait toujours la ruse, la corruption et le mensonge – tout ce qu'on appelle aujourd'hui la guerre hybride.

Le 24 février n'est pas le premier jour de la guerre russo-ukrainienne. La Russie a commencé l'agression militaire le 20 février 2014 en annexant la Crimée et Sébastopol. Toutefois, la préparation à la guerre remonte au 24 août 1991 – le jour du retour de l'Ukraine à l'indépendance. Au XXe siècle, Moscou a essayé d'étouffer cette indépendance deux fois. La première fois, après les tentatives de l'Ukraine de construire un État, en 1918-1920, Moscou a lancé une guerre contre une partie de la population, socle de la construction d'un État indépendant. Cette guerre a pris la forme de deux famines artificiellement organisées contre le monde paysan (en 1921-1922 et 1932-1933) et d'une répression de l'élite. La deuxième fois, pendant la Seconde Guerre mondiale, Moscou a mené sa propre guerre contre l'État ukrainien proclamé à Lviv le 30 juin 1941. Encore aujourd'hui, elle justifie cette agression illégitime, dirigée vers la colonisation « par le feu et la croix » des terres avoisinantes, nations et États, non seulement par la thèse chimère du « même peuple », mais également par une mission autoproclamée de lutte contre la nazification en Europe.

Parmi les poètes, il y a ceux qui possèdent la capacité de démanteler cette construction monolithique du mensonge.

Aujourd'hui, la révélation, en russie et chez les russes, de points de vue et de comportements caractéristiques du national-socialisme du XXe siècle, condamné depuis, ne semble plus artificielle. En témoignent « les fosses communes[1] » à Izioum et dans la région de Kherson, les exécutions de civils filmées par les caméras de vidéosurveillance à Boutcha et dans la région de Tchernihiv, les humiliations de prisonniers dans les geôles et de la population civile dans les camps de filtration. Ces actes sont systémiques et témoignent de la continuité de la politique génocidaire contre les Ukrainiens (selon Raphael Lemkin, Hersch Lauterpacht et autres juristes du droit international). Les témoignages glaçants du Rwanda, d'Itchkérie, de Syrie, comme les voix de derrière les barreaux des prisons russes, ne sont que l'écho du mal à l'état pur des goulags staliniens et des camps de concentration nazis. Le monde doit, au nom de la vie, trouver des réponses efficaces à ces actes. Chaque pas, chaque action dans cette direction a un sens, une nécessité et un résultat.

Nous allons donc nous appuyer sur la force de la poésie telle quelle – elle possède en elle des capacités à réveiller des couches insoupçonnées de sagesse, de sentiments et de convictions. Lisons la poésie ukrainienne des cent premiers jours de l'agression à grande échelle, non cachée, de la russie-moscou contre l'Ukraine et le peuple ukrainien, qui dure depuis onze ans, sur fond d'une confrontation millénaire d'un Kyïv européen face au moscou despotique avec sa « grande culture ».

[1] NdT : En ukrainien et en russe, cette expression est appelée « les tombes fraternelles ».

Avec cette édition, notre équipe continue l'initiative de poètes de plusieurs pays de la Journée mondiale de la poésie pour l'Ukraine. L'édition en langue ukrainienne et cette anthologie présentent, à elles deux, les voix de cent poètes pour la paix juste, pour la vérité et pour la dignité.

Volodymyr Tymchuk,
2.XII.2024, 13:19 - 21.XII.2024, 17:41

Préface traduite de l'ukrainien par **Ganna Fabre**,
Volska Literary Agency.

ПЕРЕДМОВА[2]

Війна

Українські ритми: 100 віршів

(Передмова упорядника до франкомовного читача)

У 2024 році на одному з військових полігонів у Франції розпочали підготовку новоствореної бригади Збройних Сил України, яка носить почесне ім'я Анни Київської. Вперше Франція і оснастила цю значну мілітарну формацію зброєю, виробленою своєю національною економікою, і навчила українських воїнів. Тобто можна сказати, що історія стає зброєю…

Але багато уважних людей давно спостерігають, що саме росія як зброю використовує і історію, і культуру, і освіту, не кажучи вже про технології, винаходи та, навіть, комп'ютерні мережі. І дійсно, сьогодні росія є єдиною державою в світі, яка проголошує, що має намір відновити «історичну справедливість» і захистити культурні надбання, і вводить

[2] Préface. À titre symbolique, les éditions Abstractions ont tenu à ajouter ce texte de Volodymyr Tymchuk, ainsi que l'introduction, dans la langue ukrainienne.

війська, сіючи навколо смерть, насильство та обман. Ось чому життєво загрозливою є згода вільних народів відокремлювати від мілітарно-чинного єства росії якісь аспекти культури та її репрезентантів, бо російський солдат вбиває за те, і щоб було більше Пушкіна, «Євгенія Онєгіна» та «Бурлаков на Волгє», і щоб витворів і присутності інших — конкуруючих — культур і поглядів не було. Тобто, росія сповідує духовно-культурний тоталітаризм у світовому представленні, і цій діяльности дуже часто, до великого здивування у світлі заяв про рівність, братерство, захист знедолених уважних людей, вдаються російські та росіє-центричні діячі культури, різних мистецтв, освіти, спорту та літератури.

Європейські народи після двох світових воєн XX століття дійшли консенсусу: цінність життя є абсолютною і право на життя є таким, що не підлягає зневаженню. Життя в Україні росія знищує; росія приносить не культуру та просвіту, а руйнації, і не лише маленьких осель у степах або містах України, а основ співіснування народів, які щоб не було більше загроз для зниження світу, домовлялися про людські права, засновуючи ООН, про непорушність кордонів (у Гельсінкі), про скорочення армій (після об'єднання Німеччини та наступного проголошення незалежностей від СРСР). Але це все не подіяло: світ не розглядів за культурною маскою войовничий оскал москви. Вочевидь, треба перезасновувати інституції, що вивчають росію, відмовившись від упереджень і російських ґрантів, бо хибні оцінки тягнуть за собою дуже небажані наслідки. Вочевидь, треба засновувати інституції, що вивчатимуть народи (їх культурне та соціальне життя), які або чинили спротив росії, або за баченням москви підпадають у сферу її геополітичних інтересів і культурних орбіт. Україна та українці є (і історично була та були) тими суб'єктами життя, які мають найбільший досвід співіснування, в тому числі і боротьби. Тож саме Україна, як нам видається, має стати точкою багатьох всебічних інтересів для світу, аби зрозуміти, як його, світ, зберегти і як забезпечити мирне та справедливе до народів, родин і особистостей існування, без дискримінацій за мовною, за культурною, за світоглядною та іншими ознаками.

Короткі зауваги, що вище, трішки пояснюють, чому українські автори у своїх поетичних виявах вдаються до історичних і культурних контекстів та відсилань, але особливо такі відсилання проявилися саме у 100-денний проміжок часу після 24 лютого 2022 року. Це і визначило «історично-географічно-культурний фундамент» для антології, що ми з України представляємо франкомовному читачеві.

В обставинах тотального охоплення війною України від 2022 року — від 2000-кілометрової лінії фронту від Чорнобиля до Енергодара — двох місць із «мирним атомом», який взяли під збройний контроль по суті терористи, що загрожує екологічній безпеці цілої Європи — до західних кордонів, які українці перетинали в пошуках тимчасової домівки (за проявлену гостинність по відношенню до наших родин ми, воїни, вдячні), українські поети писали свої правдиві особисті історії з війни.

Тож ця передмова — своєрідний путівник щодо історичного тла та необхідних тлумачень та коментарів до цілісного бачення поетичної антології. Готуючи передмову, я згадав, що в моїй бібліотеці має бути книжечка, яка поєднує Україну та Францію саме крізь історичному призму. Цією книжечкою є «Реймське Євангеліє Анни Ярославни» (Торонто: Фундація Енциклопедії України, 2018) з репродукціями уцілілих впродовж тисячі віків фрагментів рукописного релігійного тексту (Мт. 20: 1–8). Довгий час оригінал був одним із коронаційних реліквій у Франції, нині ж вважається культурним надбанням французького народу. В Нотр-Дам-де-Парі королева Анна привезла у 1050-тих роках цей рукописний текст із Софі-де-Київ, центру Руси, яка змушено згодом прибрала нове ім'я — України.

Перед редакційною колегією постало ключове завдання — надати цілісности множинним перекладам і редакторським баченням.

Ранньою весною 2022 року українські поети, літературознавці та перекладачі започаткували ініціативу «Всесвітній день поезії для України». 21 березня 2022 року з охопленої вибухами України, в умовах колапсу органів державної влади та суспільних інституцій, ми спромоглися на онлайн-трансляцію читань української поезії, надаючи віддалений доступ українцям, які перебували у бомбосховищах, підвалах, потягах або вже у притулках для біженців (окремі поезії воїни, які збройно захищали Україну, записали завчасно, що дозволило команді перекласти вірші та накласти субтитри англійською, французькою, німецькою та іспанською мовами). Цього ж дня у щорічному посланні з нагоди Дня поезії Генеральна директорка ЮНЕСКО не згадала велику війну на європейському континенті, яка, насправді, триває ще від 2014 року. Наша команда, реагуючи на цю ціннісну зневагу та несправедливість, зголосилася сама підготувати до світу послання з українських міст, включених до світової спадщини ЮНЕСКО, зокрема і Софії Київської. Ми стали готувати друковані видання творів різними мовами — ми ретельно добирали тексти із сукупности текстів, які українські поети писали в перші години, дні, тижні, місяці фази повномасштабної агресії.

Насамперед, ми дбали про поетичну розмаїтість, адже кожен поет має власний стиль. Також ми хотіли представити весь український поетичний обшир: і географічно, тобто з кожного куточка України та з вимушеної еміграції, і соціально — поєднати голоси професійних літераторів і тих, для кого поезія є сенсом буття або вираження поміж іншою, але основною діяльністю (найяскравіше це проявляється у поезії воїнів), і тематично — показати, власне, багатоголосся, зведене до однієї пісні війни. Таким чином, ретельність добору оригінальних творів з їх якнайточнішим перекладом визначила і загальні рішення щодо:

а) подання власних назв, що стосуються російського агресора, в українській мові — з малої літери, а інколи із заміною літери с на здвоєну літеру (сс або ss), як в понятті руССкій мір;

б) графічне подання власних назв, що стосуються російського агресора, у французькій мові — через нижній індекс для першої літери;

в) лексичне передання топонімів та власних назв ми відпрацювали у консультаціях із мовними спеціалістами із Франції;

г) опитувальника для авторів, перекладачів-редакторів і інших учасників ініціативи, в якому для читача подані відповіді на три ключових питання: 1) як вплинула війна на життя автора?; 2) якою є функція поезії (та мистецтва загалом) в добу, просякнуту війною та злочинами проти людяності?; 3) що автор хоче і може сказати зараз важливого для світу?

Таким чином, оприявнено панорами авторів на події воєнного часу, адже чимало з учасників антології перебували в епіцентрі ведення бойових дій або вдавалися до зрозумілих дій порятунку — тому твори є літературними свідченнями дійсности та її осмислення у світлі авторських емоцій, переконань або інших ірраціональних виявів щодо пошуку сили, розради та справедливости.

Загалом до спільної роботи долучилися понад 150 перекладачів і редакторів (книга першого проєкту «In principio erat Verbum: Україна. Поезія війни» вийшла в українському видавництві «Астролябія», 2024).

Пояснення обраним рішенням лежить у культурно-історичній, а радше, екзистенційній площині.

Світ довгий час був захоплений декларованою російською величчю. Московські царьки марили спочатку про підкорення Руси-України-Гетьманщини (держави козаків), затим про імперію від морів до морів, ба більше, від океанів до океанів (вихід на береги Індійського океану мав стати заключним кроком для гегемонії панславізму-комунізму і новітнього глобального південізму). Тож політику винищення, упокорення та асиміляції москва застосовувала до всіх народів, які, на своїх отчих землях, мусили вибирати, як реагувати на експансію москви.

Український народ довгі століття протистояв загарбанню та підкоренню (асиміляції), і москва завжди вдавалася до підступу, підкупу, брехні тощо, тобто до всього, що нині називають гібридною війною.

Тож 24 лютого 2022 року не є першим днем російсько-української війни. Збройну агресію росія розпочала 20 лютого 2014 року, захоплюючи Крим та Севастополь. Але підготовка до війни тривала по суті з 24 серпня 1991 року — дня відновлення незалежности України — москва незалежність у XX столітті душила двічі: після I світової війни впродовж 1918–1920-тих рр. і з наступною війною проти української еліти та селянства, як фундаментів незалежного державного будівництва, через організовані у 1921/22 та у 1932/33 Голодомори та репресії, а також під час і після II світової війни супроти Української держави, проголошеної у Львові 30 червня 1941 р. москва обґрунтовує цю невиправдану агресію, спрямовану на колонізацію «вогнем і хрестом (русського міра)» сусідніх земель, націй і держав, не тільки оманливою тезою про «спільний народ», а і нареченням себе борцями з нацифікацією у Європі. Саме серед поетів є ті, хто володіють здатністю деконструювати монолітну споруду з олжі. І вже не видається штучним у текстах українських поетів оявнення в самій росії і у росіян поглядів і поведінки, які були характерними для осудженого націонал-соціалізму XX століття: «братські» могили в Ізюмі та на Херсонщині, засвідчені відеокамерами спостереження розстріли мирних жителів у Бучі та на Чернігівщині, знущання над полоненими в тюрмах та мирними мешканцями у фільтраційних таборах є системними і свідчать про продовження геноцидної політики щодо українців (за ознаками Рафаеля Лемкіна, Герша Лаутерпахта та інших правників у царині міжнародного права). Моторошні свідчення з Руанди, з Ічкерії, із Сирії, як і голоси із-за застінок російських СІЗО, таки відлунюють чисте зло сталінських ГУЛАГів і нацистських концтаборів. Світ заради життя має знайти дієві відповіді на ці виклики. І кожен крок-дія на цьому шляху спротиву злу має і сенс, і потребу, і результат.

Тож покладімося на силу поезії як такої — вона має в собі спроможності пробудити незнані пласти мудрости, чуттів і переконань. Тому читаймо українську поезію перших 100 днів повномасштабного вторгнення (що триває три роки) уже 11-літньої відкритої агресії росії-московії супроти України та українського народу в тисячолітньому протистоянні європейського Києва та деспотичної москви з її «великою культурою».

Деякі реалії та топоніми пояснені у словниках, що даються наприкінці книги.

Таким чином цим виданням наша команда продовжує онлайн-ініціативу поетів з багатьох країн «Всесвітній день поезії для України» — обидві книги представляють голоси майже 100 поетів про справедливий мир, про правду та про гідність.

Володимир Тимчук

2.XII.2024, 13:19 – 21.XII.2024, 17:41

INTRODUCTION

Les voix de la résistance, une invitation à la lecture

par Marie-France Clerc,
Agrégée de lettres modernes. Lyon, France
Jean-Philippe Tabet,
Professeur de lettres classiques. Ottawa, Canada
25 janvier 2025

Dans cette guerre voulue par la russie, que peuvent les poètes ? Ils mettent des mots sur la douleur, la colère et l'espoir individuels ; ils portent aussi les valeurs collectives d'une nation. Depuis toujours, la poésie est inscrite dans la culture ukrainienne. Pensons aux kobzars, ces bardes itinérants qui, dès le XVIe siècle, s'accompagnant de la *kobza*, allaient de village en village chanter des *doumas*, ces chants épiques célébrant les hauts faits des guerriers cosaques à l'époque de l'Hetmanat (État cosaque ukrainien).

C'est dire si, dans la mémoire collective ukrainienne, la poésie est étroitement associée à la lutte contre l'oppression et à la défense de la liberté ! Elle exprime ce que ressentent aujourd'hui les Ukrainiens occupés, bombardés, persécutés par l'ennemi. Ainsi les poètes de ce recueil témoignent-ils des horreurs perpétrées par l'occupant. Le jour de l'invasion, c'est la sidération : « *Au coin de la rue un chien noir / ronge des minutes / du corps déchiré du temps* », note

Oleh Kadanov. « *Mais actuellement, ils tuent* [...] *Pour le port d'une chemise brodée* » écrit Ester Lourié, et Ihor Mitrov fait ce constat glaçant : « *ils ont amené à Marioupol / leurs crématoriums mobiles / pour y brûler / des Ukrainiens* ». Écoutez le murmure de Lida Zinko, « *La douleur persiste sans fin* », tandis qu'Iryna Muliartchouk gémit : « *Et la terre se lamentant comme une mère sur tous les cercueils, pleure* », réveillant dans la mémoire des lecteurs ukrainiens le souvenir des charniers de l'Holodomor, de la Terreur et de la Shoah par balles. Ces poètes se font ainsi les porte-parole d'une mémoire collective destinée à leur survivre : « *Le cœur collectif a mal et souffre* », constate Oleksandr Hochylyk.

Certes, la vie est chaque jour menacée, « *Si nous restons en vie* »…, confie Yaryna Tchornohouz à son ami… Pourtant, la vie persiste, « *les femmes enfantent sous les tirs* » (Oleksandra Kyrytchenko), et le courage ne faiblit pas : « *ça suffit de pleurnicher, / Voyons, je suis une cosaque / Dans une large mesure* », scande Ester Lourié ! Et puis, la solidarité se développe : « *quelqu'un collecte des médicaments / et tandis qu'un autre tire sur un orque / quelqu'un s'occupe des petits et de l'arrière-pays* », se réjouit Artem Popyk au moment où, avec grand courage, ses compagnons d'armes et lui libéraient sa région natale de Kyïv des envahisseurs armés.

Mais surtout, la certitude de la victoire reste inébranlable : « *bourreau, tu n'as pas pensé / que nous allions résister / grandir / survivre / et nous venger !* », s'exclame Yelyzaveta Jarikova. Rien n'entame la détermination de « *des milliers, des millions de gens prêts à se battre jusqu'à la mort / pour ne pas céder le moindre pouce de leur terre à quiconque / et le désir ardent de revenir vivants chez eux* », assure Nataliya Maryntchak. Avec la certitude affirmée par Serhiï Roubnikovytch, combattant des Forces armées ukrainiennes (FAU), que « *la poésie vivra pour toujours* », c'est bien une foi inébranlable en l'avenir qui émane de ces beaux textes, comme en témoigne l'énergique apostrophe de Kristina Sachtchouk à l'ennemi : « *Tu peux tirer sur mon ombre / Et ruiner tous mes projets : / Nous vaincrons. Car nos enfants / Chériront la liberté !* »

En effet, ces poèmes sont des armes, et nous vous invitons, chers lecteurs, à les saisir avec curiosité, sympathie, ouverture et respect. Respect, parce qu'un grand nombre de poèmes sont le fait de soldats ou de citoyens morts au champ d'honneur. Leurs poésies sont les derniers mots qu'ils/elles nous ont laissés. C'étaient des gens comme vous, chers lecteurs, de simples citoyens :

comme Nadiya Torkhova, 44 ans, philologue et juriste, qui fut retrouvée morte sous les décombres du bâtiment de l'Administration publique de l'oblast de Mykolaïv, détruit par un missile russe le 29 mars 2022, et qui nous rappelle que « *la poésie est une paille indestructible au bord de l'abîme* » ;

comme Oleh Kliufas, 43 ans, philosophe, poète, traducteur, qui perdit la vie au service des Forces de défense territoriale des FAU ; ou comme Maksym Kryvtsov, éducateur, qui donna sa jeune vie de 33 ans au service des FAU, et pour qui « *la fonction de la poésie reste inchangée : observer, fixer, enregistrer* » ;

ou encore comme Ihor Myssiak, 30 ans, électricien, décédé en défendant Bakhmout et pour qui « *la seule chose importante est la liberté* » ; et comme Danyïl Sytchov de Marioupol, ouvrier à l'usine Azovstal : ce jeune homme de 23 ans perdit la vie comme sergent à la 3e brigade d'assaut des FAU pour le village d'Andriïvka, lors de la contre-offensive dans la bataille de Bakhmout, le 12 septembre 2023 et il nous redit combien nous devons faire « *preuve de zèle, d'unité, de fraternité* » ;

et c'est encore Oleksandr Hochylyk, 27 ans, informaticien, mort au combat dans la bataille pour Bakhmout, pour qui « *la poésie soigne et soutient la force de l'esprit*», car, ajoute-t-il, « *L'humanité doit vaincre le mal.* »

Et combien d'autres, pour qui l'expression poétique est un besoin irrépressible comme la respiration, la marche ou la bienveillance !

Chers lecteurs, en parcourant ces textes, vous verrez que la résistance poétique prend des formes différentes et souvent inattendues, voire curieuses. Halyna Krouk, dont les possessions s'amenuisent, nous avoue : « *chaque jour de guerre / mon sac de survie / s'allégeait un peu plus. / d'abord, j'en ai sorti la nourriture, / n'y gardant que de l'eau / et une barre énergétique.* » Vous éprouverez tellement d'empathie pour ces moments drôles et tragiques, empreints d'humanité universelle ! Écoutez la *Prière du petit Séverin,* recueillie par Halyna Tarassiouk : « *Je veux retourner et embrasser ma mamie / Pour ses tartes aux pommes qu'elle m'avait cuites. / Je veux me blottir dans les bras de papa / Et que ce temps du bonheur ne finisse pas.* »

Tous ces poètes font feu de toutes leurs armes poétiques, des plus classiques, le sonnet par exemple, aux plus nouvelles, comme le vers libre. Car l'expression poétique ukrainienne manie le rythme et la prosodie comme les Grecs ou les Romains le faisaient, aussi bien que les ressources des assonances et de la rime, et c'est pourquoi ces textes sont difficiles à rendre en français.

Écoutez Anna Malihon : « *Et la terre printanière tel un bébé suce sereinement / le lait amer / des coccinelles fusillées.* » Entendez Iryna Muliartchouk : j'attends le moment où Tu me diras : *« Réveille-toi. Tu dormais. / Nous avons déjà tout arrosé du sang de l'ennemi. C'est fini ! » / Et les yeux flamboieront comme à la Saint-Jean / Seul le mot « guerre » cachera Ton visage.*

Lecteurs ! Plongez-vous dans ces poèmes de guerre venus d'Ukraine pour en recevoir énergie, optimisme et joie.

Ancrée dans un territoire plus vaste que la France, l'Ukraine a su préserver son identité : elle a survécu, au fil des siècles, à des empires et des régimes qui ont cherché à l'exploiter ou la détruire. Depuis le XVIIIe siècle, c'est l'empire russe qui ne cesse de vouloir accaparer l'Ukraine, affublée du nom condescendant de « Petite Russie ». Mais, bien que parlant une langue cousine, professant une foi chrétienne commune et partageant des frontières sans cesse changeantes, ces deux nations ne sont pas sur un pied d'égalité. Indépendante depuis trente-quatre ans, et traçant progressivement son chemin vers la démocratie, l'Ukraine – dont les frontières ont été pourtant mondialement reconnues à la chute de l'URSS en 1991 – subit à nouveau l'agression du « grand frère ruZZe », lequel voit, dans le développement d'un État de droit à sa porte, une menace mortelle pour son régime.

L'invasion russe du 24 février 2022 a suscité une extraordinaire réaction de résistance et de lutte dans la population ukrainienne. Oui, l'Ukraine, c'est une langue, un territoire à l'identité culturelle riche et variée, ce sont des populations unies au sein d'une nation choisie pour défendre des valeurs démocratiques européennes. Voilà ce que ce recueil poétique démontre une fois de plus, en s'inscrivant dans la grande tradition de résistance ukrainienne cristallisée par Taras Chevtchenko au XIXe siècle, et que les œuvres de nombreux poètes, persécutés par le régime soviétique au cours du XXe siècle, ont renforcée dans le cœur de tous les Ukrainiens : « *Enterrez-moi, et debout ! / Brisez vos fers, / Et arrosez du sang impur des ennemis / La liberté !* » (Taras Chevtchenko, *Testament*, 1845).

Nous remercions les éditions Abstractions de faire connaître dans toute la francophonie ces poèmes de guerre, témoignages des souffrances et de l'indomptable courage du peuple ukrainien.

Nous saluons avec reconnaissance le travail des traductrices et traducteurs ukrainiensn qui nous ont offert les traductions littérales des poèmes en français : ce sont ces textes que nous avons relus, corrigés, peaufinés, voire transcréés afin d'offrir le plus fidèlement possible au lecteur francophone la couleur émotionnelle, l'esprit vivant de leurs auteurs.

Nous remercions Tetiana Katchanovska, professeure de traductologie à l'université Taras-Chevtchenko de Kyïv, d'avoir coordonné et supervisé notre travail. Ses patientes explications nous ont révélé et fait sentir bien des nuances du texte ukrainien ! Il ne restait plus aux deux relecteurs qu'à rechercher l'équivalent lexical, syntaxique ou imagé, l'analogie stylistique ou culturelle les plus fidèles à l'esprit du texte… Pendant un peu plus de deux mois, cette recherche a donné lieu à de stimulants échanges intercontinentaux entre Kyïv, Lyon et Ottawa !

Et bien sûr, tout ce travail n'aurait pas porté fruit sans l'indomptable énergie du rédacteur en chef, poète et soldat, Volodymyr Tymtchuk.

Puissent ces poèmes, nés de la souffrance, semer des graines de compréhension et de paix dans le cœur des hommes.

Голоси Українського спротиву: ласкаво просимо до читання!

Марі-Франс Клер, викладачка сучасної літератури. Ліон, Франція

Жан-Філіп Табе, викладач класичної літератури. Оттава, Канада

25 січня 2025 року

Що по силі поетам під час породженої та заохочуваної росією війни? Щонайменше промовляти про індивідуальний біль, гнів і надію, а також стверджувати і зберігати спільні національні цінності. Поезія завжди була частиною української культури. Згадаймо кобзарів, що з XVI століття у своїх мандрах від села до села співали слухачам думи про козацькі подвиги часів Гетьманщини.

Яке виразне свідчення про тісний зв'язок між поезією і боротьбою проти гніту та захистом свободи в українській колективній пам'яті! Поезія виражає те, що відчувають сьогодні українці, яких окупував, бомбить чи переслідує московський ворог. І в цій збірці поети виступають свідками жахіть, витворених окупантом. У день вторгнення був шок: «*За поворотом чорний пес / вигризає хвилини / з розірваного тіла часу*»,

— *зазначає Олег Каданов. «А зараз там вбивають за маленький прапор України / вдома за вишиванку»*, — спостерігає Естер Лур'є, але спостереження Ігоря Мітрова ще моторошніше: «*Вони притягли в маріуполь / мобільні крематорії / щоб спалювати / українців*». Вслухайтеся, як «*біль все не вичерпується і прибуває*» (Ліда Зінько) і як земля «*голосить, як мама, по всіх гробах…*» (Ірина Мулярчук), пробуджуючи у читачів і пам'ять про братські могили Голодомору, про червоний терор, про Голокост. Отож саме поети є рупорами колективної пам'яті, яка перетривати має все: «Колективне серце болить і ниє», — стверджує Олександр Гошилик.

У цій війні, що вирує в Європі, життя є в щохвилинній загрозі: «Якщо ми з тобою лишимося живі», — ділиться непевністю з подругом Ярина Чорногуз… Але одночасно воно, життя, продовжується: «Наші жінки народжують під удари» (Олександра Кириченко), мужність не перестає: «*Але годі вже рюмсати / Я ж козачка / Переважно*», — артикулює Естер Лур'є, і проявляється синергійна солідарність: «*[Той/та] ліки в ящики кладе / Хтось орка валить у приціл / Хтось діток береже / І тил*», — сповіщає Артем Попик, схопивши кураж у час, коли спільно з побратимами очищав рідний київський край від непрошених гостей зі зброєю.

Але понад усе непохитною залишається впевненість у перемозі: «*Кате, тобі не здалося / вистоїм / виростем / виживем / і помстимося!*» — маніфестує Єлизавета Жарікова. Ніщо не може похитнути рішучості тисяч і мільйонів людей, «*готових битись до скону, / аби тільки ні крихти землі не здавати нікому, / й жагуче бажання живим повернутись додому*», — запевняє Наталія Маринчак. В упевненості воїна ЗСУ Сергія Рубніковича

— «Поезія житиме вічно» — таки є справді непохитна віра в майбутнє і вона просто віє із цих прекрасних текстів — ось безапеляційний вердикт ворогові: «*Можеш стріляти у мою тінь! / Можеш вбивати всі мої плани! / Ми переможем! Загоїм рани! / Й волю залишимо для поколінь!*» (Крістіна Сащук).

Отож, поезія є зброєю! І ми, співредактори, запрошуємо тебе, дорогий читаче, пройнятися поезію у всій палітрі виявів: щирій цікавості, симпатії, відкритості та пошані. Останнє є надважливим, адже чимало віршів написали воїни чи цивільні особи, які загинули на всеукраїнському бойовищі. І їхнє поетичне слово — останнє слово, що залишилося для нас. Погляньмо — це такі ж люди, як і ми з вами, прості громадяни, серед яких:

св. пам. Надія Агафонова (Торхова), 44 роки, філолог і юрист, що її тіло вилучили з-під завалів зруйнованої випущеною росіянами 29 березня 2022 року ракетою будівлі Миколаївської ОДА, і яка нагадує нам функцію поезії в час війни: «*Бути незламною соломинкою на краю прірви*»;

св. пам. Олег Клюфас, 43 роки, до війни — філософ, поет, перекладач, а в час захисту України — воїн Сил територіальної оборони ЗСУ;

св. пам. Максим Кривцов, просвітянин, 33 роки, що загинув на фронті як справжній воїн, і для якого функція поезії залишалася непідпорядкованою будь-якому часу, тобто «*спостереження, фіксування*»;

св. пам. Ігор Мисяк, 30 років, майстер у сфері електрики, загинув в обороні Бахмута, залишивши світові кредо: «Єдиною важливою річчю є свобода»!;

св. пам. Даниїл Сичов, 23 роки, працівник «Азовсталі»,

що зголосився звільнити рідне місто Маріуполь, служив у славнозвісній 3-й окремій штурмовій бригаді ЗСУ, був сержантом, впав у контратакувальних боях за Андріївку під Бахмутом 12 вересня 2023 р. — нам залишається почути його заклик-прохання: «Проявімо завзяття, єднання, братерство!»; св. пам. Олександр Гошилик, 27 років, фахівець IT у мирному житті, що загинув, обороняючи Бахмут, і ось якою він вбачав функцію поезії — «Лікує, підтримує силу духу». Вочевидь саме тому поет-воїн залишив нам послання: «*Людяність повинна перемогти зло*».

І ще стільки інших, для котрих потреба у поетичному слові була такою саме непереборною і природною, як дихання, рух, доброта!

Дорогий читачу, вчитуючись у ці тексти, ти відкриєш те, що поетичний опір набуває різних і часто несподіваних, навіть курйозних форм. Галина Крук, яка віддає себе волонтерству, показує зникнення матеріального у світі громадян, охоплених війною: «*З кожним днем війни / мій тривожний рюкзак / ставав усе легшим. / спершу я виклала з нього їжу, / лишивши тільки воду / і калорійний батончик*». І тут же в іншій поезії можна побачити універсальну людяність і відчути щиру симпатію до суміші радісних і трагічних моментів, як-от у «Молитві Северинчика» авторства Галини Тарасюк: «*Я хочу повернутися і поцілувати свою бабусю / За яблучні пиріжки, які вона для мене спекла. / Я хочу, щоб татові руки мене обійняли і я пригорнувся до нього. / І нехай цей час щастя ніколи не закінчиться*» (цитату перекладено дослівно. — Прим. пер.).

В цій антології поети використовують весь арсенал поетичної зброї, вдаючись і до класичних форм, сонета, для прикладу, і до сучасних форм на кшталт вільного вірша. Оскільки українська поетична традиція спирається на мелоритмічну канву, як це робили давні греки чи римляни, та широко послуговується засобами римування, асонансами тощо, подібні тексти важко передавати французькою мовою.

Послухайте Анну Малігон: «А весняна земля, як дитинча, безтурботно смокче гірке молоко розстріляних сонечок» (тут — букв. переклад, порівняймо його з оригіналом: «*А весняна земля смокче собі як дитина гірке молоко розстріляних Божих корівок*»). Почуйте Ірину Мулярчук: «*Я чекаю, що Ти мені скажеш: "Вставай! Ти спала. / Все скінчилося. Кров ворога пролито. / Як на Іван-день, очі гнівом горітимуть / І слово «війна» одне ховатиме Твоє лице"*» (так само порівняймо з оригінальним текстом: «*Я чекаю, коли Ти скажеш: «Вставай. Ти спала. / Ми вже вражою злою все окропили. Все!» / І горітимуть очі вогнем, як на Йвана Купала, / Тільки слово «війна» ховатиме Твоє лице.*

Друзі-читачі, пориньмо в ці овійнені вірші з України, щоб наживитися справжньою енергією, оптимізмом і радістю.

Додамо і кілька надважливих історично-культурних штрихів. Україна, що займає більшу за Францію територію, зуміла зберегти свою ідентичність, переживши впродовж віків різні режими та імперії, що прагнули її підкорити чи знищити. Від XVIII століття саме російська імперія постійно прагнула загарбати Україну, поблажливо нарікши її «Малоросією». Але всупереч приналежності обох мов до одного сімейства, незважаючи на сповідання однієї і тієї самої християнської віри православного обряду і велику протяжність спільного кордону, який неодноразово змінювали історичні обставини, росія не вибудовувала з Україною рівноправного партнерства.

Незалежна впродовж 34 років із поступовим шляхом у сім'ю демократичних націй Україна (а її кордони після розпаду СРСР у 1991 році є визнаними цілим світом!) — знову зазнає агресії т. зв. «старшого російського брата», який побачив у розвитку у сусідній незалежній країні Правової держави смертельну загрозу своєму режимові.

Російське вторгнення 24 лютого 2022 року подвигло українців на справжні дива спротиву та боротьби. І, так, Україна — це і мова, і територія з багатою та різноманітною культурною самобутністю, і об'єднане усвідомленням належності до єдиної української нації населення, яке обрало для майбутнього саме європейські демократичні цінності. Все назване яскраво демонструє ця поетична збірка, як частина великої та давньої традиції українського спротиву, викристалізуваної ще Тарасом Шевченком у XIX столітті, а у XX столітті — поезією переслідуваних радянським режимом поетів, що загартувала волелюбний дух у серцях українців, заповіданий Великим Кобзарем у 1845 році: «*[Як умру, то] / Поховайте та вставайте, / Кайдани порвіте / І вражою злою кров'ю / Волю окропіте*».

Наша вдячність видавництву «éditions Abstractions», що взялося повідомити франкомовному світові ці вірші з війни, ці свідчення страждань і незламної мужності українського народу.

Наша вдячність українських перекладачам, які підготували дослівні переклади віршів французькою мовою: ці тексти ми багаторазово перечитували, правили, доопрацьовували, інколи навіть пересотворювали, — все, аби донести франкомовному читачеві правдиві енергію та дух оригінального поетичного слова кожного автора у єдності змісту та форми.

Наша вдячність перекладознавцю Тетяні Качановській, доцентові Київського національного університету імені Тараса Шевченка, за координацію та керівництво нашою роботою. Її терплячі роз'яснення розкрили та змусили відчути багато нюансів українського тексту! Все, що залишалася нам, двом редакторам, це знайти лексичний, синтаксичний чи образний еквівалент, стилістичну чи культурну аналогію, які б найбільше відповідали духові тексту... Ці понад два місяці шляху-дослідження-співтворчості дали початок стимулюючій міжконтинентальній співпраці між Києвом, Ліоном та Оттавою!

І, звісно, уся ця праця не дала б плодів без несхитної енергії головного редактора, поета і воїна Володимира Тимчука.

Нехай ці вірші, народжені стражданнями та високістю духу, посіють насіння справедливого миру та порозуміння в людських серцях по всьому світу.

Переклав Володимир Тимчук

UKRAINE
LA POÉSIE EN GUERRE[3]

I. POUR L'HONNEUR ET LA LIBERTÉ AVEC LES POÈTES-COMBATTANTS DES FORCES ARMÉES DE L'UKRAINE

Бути воїном – бути прикладом честі та творення світу!

II. NOUS, LES CIVILS NOUS VIVONS AVEC LA GUERRE AU NOM DE LA VIE !

Ми, мирні мешканці,
живемо війною, щоб власне жити!

III. CONTRAINTS DE PARTIR DE CHEZ NOUS MAIS DÉSIREUX DE REVENIR

Змушені, але прагнемо повернутися

IV. NOTRE CŒUR BAT AUX CÔTÉS DE L'UKRAINE

Серцю, що б'ється у грудях, залишатися з Україною

V. COMBATTANTS QUI ONT DONNÉ LEUR VIE DANS LA GUERRE CONTRE L'ENVAHISSEUR

Вони віддали життя за Україну!

---

[3] À la fin de cet ouvrage, retrouvez la liste complète des 100 auteurs et poèmes dans la table des matières, suivie de la liste des participants, ainsi que d'un lexique précisant les abréviations de termes militaires, les systèmes d'armement, les éléments géographiques et leurs environnements spécifiques liés à la guerre.

I.
POUR L'HONNEUR ET LA LIBERTÉ AVEC LES POÈTES-COMBATTANTS DES FORCES ARMÉES DE L'UKRAINE

Бути воїном – бути прикладом честі та творення світу!

ANATOLIÏ (Anatoliy Anatoliy) « Kep » (Major)
51 ans, oblast de Volhynie.
Philologue. / Colonel des FAU, participant de l'ATO/JFO.
La poésie réveille le monde.
L'Ukraine est au-dessus de tout !

* * *

LA PAIX RESTE AU NORD

La paix, le silence songeur restent au nord,
Le vent ébranle à peine les rêves vagues gâchés.
Venez à 4 heures, insensés, je ne vous quitterai pas,
À quatre heures je vous attendrai cinq jours avant le printemps.

Cinq jours avant le printemps, je serai calme comme jamais auparavant
Et froid comme la glace, figée dans le pergélisol.
Venez à quatre heures, mécréants et fous,
Je vous rencontrerai tendrement dans les ténèbres nocturnes.

À quatre heures mon regard glissera sur l'antique champ labouré,
Cinq jours avant le printemps, j'entendrai encore le murmure des vents.
Ma terre grasse vous attend et même des trônes sépulcraux enfin !
Misérables, venez sans oublier de laisser vos corps ici.

Les forces d'opérations spéciales des FAU, oblasts de Jytomyr et de Kyïv
15 mars 2022, 11 h 48
Traduit par Iryna Znak, relu et corrigé par Olena Pyssarevska, Nataliya Mykolayévytch-Djouman, Marie-France Clerc, Claude Hecham

Oleksandre BOUKATIOUK « Kapelan » (Chapelain)
37 ans, Ivano-Frankivsk.
Poète, membre de la communauté chrétienne « Paix à vous ». / J'ai intégré les rangs des FAU, капелан.
La poésie porte la lumière et l'amour de Dieu.

* * *

où se cacher de l'alerte intérieure
du bombardement de l'âme ?
dans ton cœur, Seigneur

Ivano-Frankivsk
26 avril 2022, 17 h 51
Traduit par Victoriya Redina, relu et corrigé par Veronica Halytchyna

Anatoliï DNISTROVY « Morfeï » (Morphée)
48 ans, Kyïv.
Essayiste, romancier, artiste. / Officier mobilisé des FAU.
Lorsque les mots sont ravivés, c'est alors que surgit l'énergie d'un grand mouvement !
C'est notre terre !

* * *

j'ai rêvé de Tchernihiv
je me promenais avec mon fils
et sur les remparts de la citadelle
je photographiais des écureuils bruns

j'ai vu en rêve cette ville majestueuse et ancienne
un soupçon de brume argentée flottait au-dessus du fleuve

j'ai vu en rêve des missiles percer les nuages
où s'abritaient des centaines de nids d'oiseaux
leur gazouillis
m'a rappelé une journée sans guerre

Village d'Adamivka, oblast de Khmelnytsky
12 mars 2022, 1 h 00
Traduit par Hanna Pletniova, relu et corrigé par Dariya Kyssil, Tetiana Katchanovska, Halyna Dranenko, Marie-France Clerc

Yelyzaveta JARIKOVA « Mourakha » (Fourmis)
33 ans, Kyïv.
Professeure de langue ukrainienne, musicienne. / Service dans les Forces de défense territoriale des FAU, військовий медик.
La mission de la poésie : témoignage, appréhension de la vie, compassion. Ne pas essayer d'empêcher le mal, c'est y participer.

* * *

pour ceux qui lisent les nouvelles
pour ceux qui étaient dans les nouvelles
pour ceux qui ont honte d'être vivants le matin -
cette moitié du ciel
la moitié du ciel là-bas
l'immuable chant d'un oiseau innocent dans le ciel
une maison avec un trou d'un demi-monde
habiller – emmener – chauffer
la petite fille caresse un chat (sinon où le mettre)
la neige tombe sur les survivants
et on entend les gémissements
le cerf regarde d'un tapis la cendre et la poussière
le soleil se tourne vers le printemps
l'arbre baptise l'horizon
les mains douces maîtrisent d'autres métiers
chacun deviendra un vengeur
mon Dieu, dis-moi franchement
est-ce que mourir effraie celui qui va ressusciter –
la rivière, le chien, la grand-mère,
le garçon qui ne pleure pas
la route noire ne donnera pas de signe à l'étranger
la signalisation routière détruite
rappelle, mon ciel, cette phrase de code
la peau d'une bête aux mille mains
d'une bête sage aux mille yeux qui devient dure
à tous ceux qui n'ont pas échappé au maelström

à tous ceux dont la fureur est sans mesure
à chacun selon sa foi – et telle est notre foi :
une polyphonie brillante
de la ville dans laquelle on vivait,
les souvenirs tissés dans l'assaut de tresses coupées,
des abricots nocturnes et blancs -
bourreau, tu n'as pas pensé
que nous allions résister
grandir
survivre
et nous venger !

Kyïv
11 mars 2022, 15 h 25.
Traduit par Polina Ravlo, édité par Olena Kharytonova, Jean-Philippe Tabet

Dmytro LASOUTKIN « Prodiuser » (Producteur)
42 ans, Kyïv.
Journaliste, producteur de télévision, commentateur sportif. / J'ai travaillé comme correspondant de guerre. Porte-parole du ministère de la Défense de l'Ukraine, речник Міноборони.
La guerre a commencé parce que poutine avait peur de notre liberté.

* * *

L'ÉCOLE

l'école bombardée,
c'est un triomphe des armes russes

c'est bien que les élèves aient été évacués
avant le bombardement
sinon
personne n'aurait survécu

dans la classe de géographie
la carte du monde déchirée
pend en morceaux

des manuels sont éparpillés
sur le sol en désordre :

la littérature ancienne avec des dos brûlés
l'histoire contemporaine avec un fond déchiré

Ukraine
10 mars 2022, 11 h 53
Traduit par Viktor Tourtchaninov, relu et corrigé par Olena Kharytonova, Marie-France Clerc

Maks LYJOV « Pank » (Punk)
38 ans, Kyïv.
Je suis devenu bénévole au sein des Forces de défense territoriale des FAU.
La poésie est un journal intime, un psychologue de guerre et une façon de se connecter à nos proches.
Navire $_{r}$usse, va te faire foutre !

* * *

notre armée illustre
abattit les cent premiers Su[4] $_{r}$usses
tels des lustres

Kyïv
22 mars 2022, 18 h 40
Traduit par Ella Yevtouchenko

---

[4] Su est la marque du principal avion de combat des forces aérospatiales $_{r}$usses. La DCA ukrainienne a abattu plusieurs centaines d'avions $_{r}$usses de divers modèles.

Oleksandre LYSSAK « Chevron » (Chevronné)
39 ans, Cheloudkivka, oblast de Kharkiv.
Poète. / Officier des FAU. Je participe directement à la guerre.
Si l'on pouvait fondre ces paroles en balles et en mines, ce serait utile. Sinon, c'est la fixation des émotions concentrées.
Je fumerais en soufflant la fumée en silence... Je ne donnerais aucune explication. Celui qui a une âme entendra.

* * *

... quelqu'un n'a compris ce que c'est que l'Ukraine
Que quand la botte katsape[5] a franchi le seuil.
Quand, pour expier tes fautes anciennes,
Un enfant effrayé trébuche sur tes écueils[6].

... face à ce printemps quelqu'un distingue enfin
Le plein jour de la nuit noire comme une tuile.
Il veut te « libérer », le Pou du kremlin[7] –
Bois les shots de ses lance-missiles.

Regarde Kharkiv et Odessa,
Kyïv, Bila Tserkva, Irpine –
nous mènerons notre vendetta
contre « le monde ruSSe[8] », pour nos victimes.

Tu sais quoi faire, ô concitoyen.
Lève-toi... Quitte cette pose à genoux.

---

[5] Comme « moscovite » et « Moskal », « katsape » est un ethnonyme historique désignant les ressortissants de la grande-principauté de moscou du XIIIe au XVIIIe siècle. Avec l'expansion de l'Empire russe à partir du XVIIIe siècle, ce nom est devenu un sobriquet hostile aux russes.
[6] La guerre dure déjà depuis huit ans.
[7] poutine est le pur produit du KGB, cette police politique soviétique où il a fait carrière.

NLAW le petit farceur, oncle Javelin[9],
Le ciel et Dieu sont avec nous.

Kharkiv
2 mars 2022, 09 h 18
Traduit par Ilona Khrystiouk, relu et corrigé par Veronica Halytchyna, Élisa Sabathié

---

[8] Le monde ruSSe moscou a déclaré que l'objectif de l'« opération militaire spéciale » était de « démilitariser » et de « dénazifier » l'Ukraine. Se positionnant comme le « libérateur » exclusif du monde de l'idéologie nazie et faisant de la « Grande Victoire » soviétique de la Seconde Guerre mondiale un objet de culte, moscou se veut le maître du destin, combinant l'intransigeance à l'égard de la volonté de quiconque, des campagnes de désinformation massive et l'utilisation de sa culture (littérature, musique, philosophie, etc.) à des fins de propagande. Cependant, si l'on examine attentivement l'existence historique de l'État russe, on constate une nette tendance au non-respect de ses engagements, à la violence, à la dictature et au contrôle global au service de l'idéologie dominante. Des citoyens de ce pays qui reste membre permanent du Conseil de sécurité de l'ONU, ont commis et continuent à commettre des crimes contre l'humanité. Il suffit de mentionner ceux qu'ils ont commis dans des villes ukrainiennes telles que Borodianka, Boutcha, Volnovakha, Djankoï, Enerhodar, Izioum, Irpine, Marioupol, Kherson et d'autres. Si certains citoyens russes ont manifesté et manifestent encore leur opposition à cette politique de terreur contre les civils, les enfants, les personnes âgées et les personnes handicapées, le clergé et les prisonniers de guerre, d'autres citoyens russes ne font rien pour faire cesser la guerre d'agression menée par leur gouvernement qui viole à grande échelle le droit international et les droits de l'Homme. Cela a provoqué l'apparition en Ukraine de nouveaux mots désignant les citoyens russes qui participent à ces atrocités ou les soutiennent, et notamment le mot рашист (que nous rendons par le mot « rasciste ») dont l'orthographe imite le mot фашист (fr. « fasciste »). Il est apparu en Ukraine au début de la guerre pour désigner la nature des actes de l'armée russe, qui ressemblent à ceux des fascistes. D'autres désignations sont souvent formées à partir des ethnonymes ou des socionymes existants où l'on remplace certaines lettres (dont le З et le С cyrilliques) par un ou deux Z (cette lettre peinte sur des chars russes dès le début de l'intervention directe russe, est devenue un symbole de soutien au kremlin) ou par « SS » (qui renvoie à un des symboles du totalitarisme nazi). Le volet ukrainien comporte ainsi la graphie руSSкий, formée à partir de l'adj. русский. Dans le volet français, nous avons choisi de la traduire par « ruSSe ».

[9] Le NLAW et le FGM-148 Javelin sont des missiles antichars portatifs reçus par l'Ukraine en 2018.

Pavlo MATIOUCHA « Volter » (Voltaire)
38 ans, Kyïv.
Écrivain, traducteur, financier. / Je soutiens les personnes autour de moi et les FAU. Officier mobilisé des FAU.
La poésie multiplie par millions les émotions d'un seul.
L'Ukraine est la protectrice du monde libre !

* * *

Quelle est la différence entre partir pour l'Europe et partir pour l'Ukraine occidentale ?

Quelle est la différence entre partir pour l'Ukraine occidentale et quitter la ville ?

Quelle est la différence entre quitter la ville et quitter la zone des bombardements ?

Quelle est la différence entre quitter la zone des bombardements et s'abriter dans un sous-sol ?

Quelle est la différence entre s'abriter dans un sous-sol et se retrouver sous le feu ennemi ?

Quelle est la différence entre se retrouver sous le feu ennemi et être touché ?

Quelle est la différence entre être touché et mourir ?

Quelle est la différence entre la vie et la mort

Surtout si tu restes en vie au prix de celle de quelqu'un d'autre ?

Kyïv
18 mars 2022, 16 h 18
Autotraduit par Pavlo Matioucha

Ihor MITROV « Mitropolit » (Métropolite)
30 ans, Kertch, République autonome de Crimée – Kyïv.
Poète, essayiste, critique. / Combattant du bataillon volontaire OUN.
Tenir le front culturel.
Nous existons ! Nous sommes forts ! Nous vaincrons !

* * *

AU LIEU D'UN POÈME

ils ont amené à Marioupol
leurs crématoriums mobiles
pour y brûler
des Ukrainiens

brûler
des Ukrainiens
dans des crématoriums

de nouveau la poésie
vire à la barbarie

de nouveau la mer d'Azov
recrache
des gobies morts

Zaporijjia
14 avril 2022, 14 h 55
Traduit par Justine Donche-Horetska

Serhiï NESVIT « Stary » (Vieux)
40 ans, Kostiantynivka, oblast de Donetsk.
Soldat des FAU. / Prisonnier de guerre en russie à partir d'avril 2022.
La vraie poésie lutte toujours en première ligne.
L'Ukraine était, l'Ukraine est, l'Ukraine sera toujours !

* * *

Pas de signal. Je t'écris une lettre la nuit,
comme si c'était la première et la dernière.
Les vagues du silence éclatent aujourd'hui
et bouchent nos oreilles dès qu'il a fait clair.

Ce jour-là le char travaille avec entrain : ici,
au centre de la ville, aux flammes de ces endroits
il a ajouté un autre incendie –
dans quelque cerisaie, par la fenêtre, on le voit.

À l'hôpital, deux des nôtres sont partis :
à cause du « grade » – un con est mal tombé
un moscovite se creuse la tête ainsi :
(tués ou bien sauvés ?) – la mort pour lui c'est gai.

C'est bien qu'il n'y ait pas de réseau, eh oui
ma bien-aimée, tu ne pourras apprendre tout cela
et sur ce « boum » qui a retenti,
tu l'as entendu, mais on dira que ce sont des dégâts.

Sois prudente – c'est ça que je veux te dire
dans cette lettre triste, peu encourageante
Il faut au fond du cœur bien la retenir
mais il est déjà trop tard, voilà une chose volante…

FAU, front, territoire près de la mer d'Azov
5 mars 2022, 07 h 26
Traduit par Kateryna Houz, relu et corrigé par Olena Pyssarevska, Nataliya Mykolayévytch-Djouman, Veronica Halytchyna, Jérôme Constantin

Artem POPYK « Atos » (Athos)
38 ans, Brovary, oblast de Kyïv.
Ingénieur concepteur. / Service dans les Forces de défense territoriale des FAU.
La poésie aide à vivre dans la douleur et à croire en ce qu'il y a de mieux. L'Ukraine vaincra !

* * *

DIMANCHE DES PERTES

Un dimanche de pertes
Apporte
Des alertes
Des lumières
L'aéroport brûle
et celui qui se prend pour un dieu
est en fait un diable vicieux
Et celui qui, pensant s'arrêter,
avait rangé son uniforme au fond d'un tiroir,
il reprend du service sous le feu !
Il n'a pas filé,
ne s'est pas dégonflé,
n'a pas plié.
Ce sont d'autres qui ont filé
ou bien volé.
La guerre, qui a affaire à tant de cas,
prélève un lourd tribut.
Et on voit très bien qui vaut quoi.
Et, chaque jour,
tandis que l'un dort,
un autre court…
quelqu'un collecte des médicaments
et tandis qu'un autre tire sur un orque,
quelqu'un s'occupe des petits et de l'arrière-pays.

La guerre montrera qui est qui ;
elle transforme la rouille en acier, et forge
à chacun
son chemin,
sa douleur,
ses coûts
et sa victoire.
L'occupant ? Que la peur lui serre la gorge !
Nous sommes bien là,
et tout sera
l'Ukraine !

Le bataillon des bénévoles de Brovary des Forces de défense territoriale
1er mars 2022, 20 h 14
Traduit par Daryna Myhdal, édité par Olena Kharytonova, Tetiana Katchanovska
Révisé par Marie-France Clerc

Serhiï ROUBNIKOVYTCH « Roubik » (Rubik)
29 ans, Kyïv

* * *

MES AMIS POÈTES
(ma version)

la poésie vivra toujours
leur dis-je sur une fréquence radio
disponible pour nous seuls
et ils sourient

voici Ihor
à présent il est commandant de peloton
il nettoie sa mitraillette
avec des plumes de Muses
en comprenant qu'il n'est qu'un croc dans la mâchoire d'une bête affamée

voici encore un Ihor
qui transportait autrefois des couleuvres à vélo
et qui maintenant a de la glace dans la poitrine
et des grenades dans sa veste tactique
quand il serre cette mâchoire de l'autre côté
et est-ce si important
si jadis ils ne s'entendaient pas du tout

voici Dmytro
à qui même la guerre n'a pas pu arracher le nerf de la poésie
il se désole sur une photo d'appartements brisés
comme sur des corps de hérissons
écrasés par les tracteurs
et voici encore un Dmytro avec un troisième Ihor
qui tiennent leur ligne

en caressant les troncs brutaux de leurs canons
et en collant attentivement l'oreille à la poitrine de la chanson

voici Serhiï et Borys
dans la littérature, plus d'un chien
a déjà été dévoré par le loup
mais ils sont maintenant
obligés de mordre la gorge
de ce maudit chien enragé
de boire le sang de l'ennemi
dès maintenant, littéralement

voici Andriï
qui a oublié lui-même qu'il était poète
mais qui a été capable de retenir son souffle
face au ricanement de la mort
et qui est revenu parmi les vivants

voici Vassyl qui rafistole
un gilet pare-balles usé

voici Olya qui use ses mains jusqu'au sang
en regrettant d'en avoir si peu
voici Yulia qui recoud des fissures dans chaque journée
avec son aiguille bleue et jaune

voici Lisa dont les paroles
peuvent même purifier des blessures
voici Yourko
de qui il faut dire du bien
ou alors ne rien dire du tout.

voici tous les autres
qui tiennent leur ligne
à leur place

des personnes
arrachées du contexte de la guerre
qui ont pris pour habitude de n'écrire que sur la mort
et maintenant il nous faut être
des crocs assoiffés
dans sa bouche couverte d'écume
en ne pouvant noter
que des fragments aléatoires de poèmes
sur nos téléphones déchargés

en étant conscients que
contrairement à nous
la poésie vivra pour toujours

Forces de défense territoriale des FAU, oblast de Kyïv
19 avril 2022, 22 h 57

Dmytro SAVTCHENKO « Filosof » (Philosophe)

40 ans, Kyïv.

Éditeur, artisan littéraire et créateur de textes en mètre court. / Combattant du Corps des volontaires ukrainiens du Secteur droit. / Ethnographe et défenseur de Kyïv en tant que centre spirituel et historique des Slaves orientaux.

La poésie ne laisse aucune place à l'hésitation et à l'insincérité, et tant qu'elle existe, l'égalité dont rêvent les forces de gauche est impossible.

La guerre a dévoré une partie des Ukrainiens ; la responsabilité de se régénérer repose donc sur les épaules de ceux qui sont restés en vie. Faites l'amour sans modération et multipliez-vous. La plénitude de la vie consiste à éduquer les enfants et à élargir la population ukrainienne.

* * *

À l'orée des forêts,
au cœur des champs brûlés,
Vers l'est naviguaient
des galères de fantassins ;
Les ennemis, on les guidait
vers des bateaux de zinc ;
Brûlée par des obus
des hordes[10] calcinées,

La tranchée noire traînait
comme la rime de Hofmannsthal.
Et au sol tombait
une pluie de carbone ;

[10] En Ukraine, le terme « horde » est fortement associé à la Horde d'or et à la conception orientale de la responsabilité collective, qui ont exercé une influence considérable sur l'État et la société russes. Les réminiscences de ce traumatisme se retrouvent jusqu'à certains vers du poète russe Alexandre Blok, 1918 : « Oui, nous sommes des Asiatiques, / Avec des yeux bridés et avides ! » (traduction Georges Nivat, 1966).

Les kalibres[11] pilonnaient
les pistes défoncées
Quand on allait au combat
un poignard sous le manteau ;

Avec les cloportes dans l'abri,
le soir dans le bunker,
On adressait des louanges
aux Tours, par-delà les nuages ;
Prends la pelle, creuse la terre[12] !
dérange les couleuvres des steppes !
Plus profond tu creuseras
plus longtemps tu vivras.

Le Corps des volontaires ukrainiens du Secteur droit (Pravy Sektor) – la formation dirigée par le héros d'Ukraine D. Kotsioubaïlo, alias « Da Vintchi » –, Orikhiv, oblast de Zaporijjia, ou Novovorontsovka, oblast de Kherson, ou un village de l'oblast de Kharkiv (nous sommes tous d'Ukraine)
29 avril 2022, 7 h 17
Traduit par Bohdan Finiak, relu et corrigé par Maxime Deschanet, Marie-France Clerc

[11] Le missile 3M-54 Kalibr est un système de missiles multirôle de la marine soviétique, puis de l'armée et de l'aviation russes.
[12] Le ciel est envisagé ici comme le grenier de notre monde, habité par des puissances divines.

Ihor SYTCHENKO « Djmil » (Bourdon)
38 ans, Soumy.
Vicaire de la paroisse Notre-Dame de l'Annonciation de l'Église catholique romaine.
La poésie est importante.
L'Ukraine va gagner. La vérité est avec nous.

* * *

APOCRYPHE

Première partie. En imitant Hérode

poutine feuilletait la Bible (c'est pas rien !).
Il cherchait des idées pour l'Éden poutinien.
Pour s'attirer les cœurs des religieux bornés,
Il cherchait des versets d'amour-fraternité.

(Comme Satan, qui prit les textes consacrés
Pour tenter le Seigneur au désert de Judée.)
Il tomba ainsi, dans le récit de Matthieu,
Sur le roi Hérode, sur ses crimes affreux,
Sur ses ordres de tuer des nouveau-nés… Hérode,
Ses soldats inhumains, sans cœur, qu'il accommode.
Car ils sont sans danger, ces bébés en sommeil.
Et l'esprit destructeur du Tchékiste s'éveille.
Le salaud se souvient de l'Ukraine, la fière,
Qu'il veut depuis longtemps détruire toute entière.
Et le dictateur crie d'une rage assassine :

« Hérode, petit roi ! Je suis le grand poutine !
Voici le bon moment d'attaquer en hurlant :
"On va le refaire bien[13] !" Mes Orques[14], en avant !
Assassinez, tuez et que tout soit fini !
Que les os des enfants fondent mon paradis ! »

Deuxième partie. Une conversation avec Joseph le Travailleur

C'est vraiment arrivé ou c'était un rêve ?
Je me suis retrouvé une fois de plus dans les tranchées.
La steppe est en feu à perte de vue, les canons résonnent,
Voilà qu'un Monsieur vient vers moi avec un fusil d'assaut.
Je l'ai déjà rencontré quelque part, ses traits me sont familiers…
Où l'ai-je vu ? Je m'en souviens ! C'était sur une vieille icône !
Maintenant il garde le poste, modeste et voûté…
« Tonton Joseph, c'est vous ? Vraiment ? Que faites-vous ici ? »
« Je fais ce que fait toute vraie personne qui n'est pas un esclave :
Je défends la Mère Ukraine contre les insolents. »
« Comment va Marie ? » – « Elle et le Bébé ont dû fuir,
Parce que les avions moscovites ont bombardé notre maison.
Les volontaires, que Dieu les aide, ont trouvé un bus
Et ont emmené l'enfant Jésus en Pologne,
Ils ont sauvé de nombreuses personnes d'Irpine et de Boutcha…
Alors ces sauvages ignobles se sont mis en colère,
Et ont torturé d'autres personnes qu'ils avaient capturées
Comme c'était, il y a bien longtemps, à Bethléem… »
Son visage s'est soudainement assombri. « Que puis-je dire, mon ami ?
Joseph de la Bible était un saint, et moi pas trop,
J'ai travaillé dur et honnêtement, je connais mon métier,
Et maintenant je dois arrêter cette horde maléfique.

[13] On va le refaire bien
[14] Emprunté au *Seigneur des anneaux*, le terme « orque » désigne en argot militaire l'ennemi russe.

Les moscovites peuvent bien crier : « Ce n'est pas logique !
Pourquoi ne te comportes-tu pas de manière canonique[15] ? »
À partir de maintenant, les ennemis doivent comprendre :
Je ne suis pas le seul à avoir des enfants en bas âge !
Chacun de ces petits est un enfant de Dieu !
Ceux qui s'élèvent contre eux sont des ordures et des brutes !
Et s'ils sont des ordures, alors ils devraient être enterrés sous terre.
Que mes outils m'attendent, j'ai dû aller me battre…
Le pope en chef Cyrille[16] a eu beau expliquer à cette horde
Quelque chose sur les valeurs, l'amour, l'âme immortelle,
Y en a-t-il un seul parmi eux qui ait compris avant de crever
Ce qui était "bon" et ce qui était "mauvais"[17] ?
Ça ce n'est pas mon affaire, c'est au Seigneur de trancher… »
Et le tonton Joseph recharge son AKM[18],
(Il a appris à le manier avec beaucoup de talent,
De même que le bois et la pierre qu'il travaillait avant).
Et son fusil crache au visage des ennemis,
Et il arrêtera l'armée maléfique, Joseph le Travailleur…
Épilogue

---

[15] En 2018, malgré l'opposition de moscou, le patriarche œcuménique Bartholomée, Primat de l'Église orthodoxe de Constantinople, a accordé l'autocéphalie à l'Église orthodoxe d'Ukraine, faisant d'elle la 15e Église autocéphale au monde. Avant cet événement historique, l'Église orthodoxe russe (patriarche Cyrille de moscou) et son Église orthodoxe ukrainienne pseudo-indépendante ont agressivement accusé les autres croyants ukrainiens de schisme, les qualifiant comme non canoniques. Facilités à cause de l'immaturité civique des croyants, ces agissements ont alimenté la résistance à l'intégration européenne et euro-atlantique de l'Ukraine, et ils ont accru la vulnérabilité du pays et de la nation face à l'agression russe. Aujourd'hui, la « grande » Église orthodoxe russe d'Ukraine est devenue une secte.

[16] Patriarche Cyrille de moscou de l'Église orthodoxe russe

[17] En russie, le pouvoir combinait souvent la carotte et le bâton à l'égard des hommes de lettres et des artistes, et cherchait à les choyer s'ils participaient aux campagnes de russification ou au façonnement de l'homme soviétique. Un poème pour enfants du poète le plus prolétarien est cité ici, (Vladimir Maïakovski, *Ce qui est bien et ce qui est mal,* 1925, traduction Alice Orane, 1942).

[18] Le fusil d'assaut Kalachnikov.

Les soudards de poutine allaient tuer des enfants,
Mais ce sont eux pourris qui crèvent dans les champs
Et vers les Cieux bleuis s'élève un beau refrain
« Gloire à Dieu pour toujours ! Et Gloire aux Ukrainiens ! »

Horodok, oblast de Khmelnytsky
7 mai 2022, 19 h 48
Traduit par « Paris-IF », relu et corrigé par Jean-Philippe Tabet

Yaryna TCHORNOHOUZ « Yara »
(Printemps et irréconciliable fille)

* * *

[SI NOUS RESTONS EN VIE]

à « Koutcher » (« Cocher »)

si nous restons en vie
j'essaierai pour la première fois
de planter une pousse dans un champ
pas encore miné
planter avec mes mains de citadine
qui n'a vu
ce qui se cache sous l'asphalte
qu'avec l'arrivée de la guerre

si nous restons en vie
nous habiterons la terre
où chaque respiration perdue
nous fera revoir
tout ce qui a été éprouvé
d'invisible et de violent

la lune bleue résonnera dans nos oreilles
chaque hiver la glace me coudra aux montagnes et aux steppes en cartes tordues
et ce ne sera point romantique
le romantisme a disparu loin du front
avec l'héroïsme
en me laissant brusquement
ta présence…
aux cheveux gris et pleine de passion

nous inviterons la Mort
à se réchauffer près de notre feu de bois

Elle nous battra avec ses bâtons en bois
nous frotterons
ses mains glacées

si nous restons en vie
je subirai avec moins de douleur
la lumière douloureuse du printemps
qui me blesse
elle ne manquera jamais de jaillir à la fin de l'hiver
celui que
je ne peux pas oublier
dans ce pays on n'oublie pas les hivers

Traduit par Ella Yevtouchenko

Volodymyr TYMCHUK « Pisnia » (Chanson)
43 ans, Lviv.
Pédagogue, homme de lettres. / Officier des FAU. / J'ai organisé la Journée mondiale de la poésie pour l'Ukraine.
La poésie devient le mot et la Parole.
Avec l'Ukraine nous créons un nouveau monde.

* * *

quand il n'y a plus
de hâte
ni de désir de
compter
rapporter
exposer
pendant soixante-douze
matins jours crépuscules nuits
sur le côté ou plutôt sur le flanc
vrombissent les chars
modernisés ou
bénis par Rammstein
et les Zaporogues noirs de Bila Tserkva[19]
Kyïv contre moscou
a non seulement résisté, mais il a
aussi inspiré
les exploits et les victoires quotidiennes
quinze chars par jour
quarante blindés par jour

---

[19] Les Zaporogues noirs de Bila Tserkva, la 72e brigade séparée mécanisée des Zaporogues noirs, est l'une des plus importantes formations militaires d'Ukraine. Taux quotidien de destruction des armes de l'armée russe en soixante-douze jours de résistance nationale (calculé en divisant les pertes totales par la durée de cette phase de la guerre en nombre de jours).

Msta et Gvozdika[20] : six par jour
deux systèmes réactifs par jour aussi
quatre Orlan[21] ou des oiseaux plus petits
deux hélicos fortifiés par des Alligator[22]
deux Su-x[23] et demi
un maudit Kalibr ou un Iskander[24] trois fois maudit
une clé pour le ciel et
un dixième d'un navire
tout se trouve derrière lui
des centaines de millions des centaines de millions
des centaines de millions par jour…
la deuxième semaine de chaleur
printanière
la verdure colorée tapisse le sol
déjà la tondeuse
bourdonne
un soldat
un simple soldat ukrainien
taille l'herbe...
le jour viendra

Lviv
6 mai 2022, 8 h 45 – 9 h 35
Traduit par Christine Eliyachevski, édité par Justine Donche-Horetska, relu par Jean-Philippe Tabet, Marie-France Clerc

---

[20] Artillerie : obusiers automoteurs soviétiques 2S19 Msta-S, 2S1 Gvozdika-S ; Artillerie réactive : LRM ;
[21] Systèmes de reconnaissance : drone russe Orlan-10, oiseaux : nom populaire pour les drones.
[22] Hélicos : hélicoptères russes, en particulier le Kamov Ka-52 Alligator.
[23] Avions de combat : Soukhoï avion d'attaque soviétique et russe Su-24. Su-25, Su-30, Su-34, Su-35.
[24] Missiles de croisière Kalibr, missiles balistiques Iskander ; clé du ciel : système de défense aérienne.

VOÏN SVITLA (« Le Guerrier de la lumière »)
28 ans, Sébastopol, Crimée, Ukraine.
Officier des Forces d'opérations spéciales des Forces armées de l'Ukraine. / Depuis 2014, j'ai définitivement abandonné la langue russe. Je me suis joint aux forces de résistance, et j'y resterai jusqu'à la libération de ma ville natale.
La poésie porte la lumière.
Soyons fidèles à la Parole !

* * *

IN PRINCIPIO ERAT VERBUM

In principio erat Verbum ! … et ces deux mots
Fusaient : « Allez en paix ! Il est ressuscité ! »
… Nous n'attendons aucun miracle ! Avec fierté,
Nous avançons, comme à la fête des Rameaux,
En brandissant nos glaives de vertu, très haut,
Et chaque jour, combattons pour la vérité.

In principio erat Verbum ! … et ces deux mots
Fusaient : « Allez en paix ! Il est ressuscité ! »
« Cette nation sera balayée en entier ! »,
Voilà ce qu'éructaient de moscou nos bourreaux.

Mais nous portons l'épée de saint Georges et bientôt
Crèvera à jamais cet infernal abcès.

In principio erat Verbum !

Sébastopol, Ukraine
3 juin 2022, 11 h 01
Traduit par Tetiana Katchanovska, relu et corrigé par Jean-Philippe Tabet

Pavlo VYCHEBABA « Kapelan » (chapelain)
36 ans, Kyïv.
Journaliste, musicien, activiste. / Commandant d'un détachement d'une brigade des FAU.
Décrire en mots et en images les sentiments des gens abasourdis par l'horreur de la guerre. Je voudrais transmettre le tragique et en même temps le caractère épique du moment historique.

* * *

LE DONBASS

Le Donbass[25] ne se réveillera pas sous les sirènes
Les gens abandonnent les villes comme le sang abandonne les veines,
Les villes sont coupées par le scalpel du front, contre leur volonté,
Chacun de nous éprouve en soi des douleurs projetées.
On regarde en direction du membre paralysé,
Mais on ne le fait qu'à travers la lunette – une cible est visée.
Pas en blouses blanches, mais en uniformes avec des lettres salies
Ils emploient des aiguilles de gros calibre pour repriser notre pays
Au-dessus du plateau du Donets l'aube ukrainienne montera
Cette nuit quelqu'un de nous certainement tombera
Une pensée vient et s'enfuit, dès que le magasin est rempli,
Que tu as vécu comme un homme simple et mourras comme un guerrier.

FAU, Kyïv
22 avril 2022, 8 h 35
Traduit par Bohdan Finiak, relu et corrigé par Maxime Deschanet, Veronica Halytchyna

---

[25] L'apogée du développement du Donbass (abréviation de « bassin de Donetsk ») est associé à l'exploitation intensive des gisements de charbon depuis le XIXe siècle. Auparavant, il s'agissait de la périphérie des colonies cosaques. Le gouvernement de l'Empire ᵣusse a favorisé la réinstallation des Ukrainiens des provinces voisines dans le bassin du Donets, mais a également eu recours à la création de colonies grecques (comme Marioupol), serbes, allemandes, belges et autres, ainsi qu'à l'envoi d'éléments criminels aux travaux forcés. Par conséquent, la fusion de ces ethnies et communautés différentes ne pouvait être qu'un conglomérat ᵣussifié, sur lequel ᴍoscou s'est appuyé pour asservir ou déstabiliser l'Ukraine.

II.
NOUS, LES CIVILS, NOUS VIVONS AVEC LA GUERRE AU NOM DE LA VIE !

Ми, мирні мешканці,
живемо війною, щоб власне жити!

Nastka FEDTCHENKO
33 ans, Kyïv.
Journaliste. / Je lutte sur le front de l'information, je fais du bénévolat.
L'Ukraine, c'est un pays de gens extraordinaires.
La $_{\text{R}}$ussie doit disparaître.

* * *

J'ai brodé des croix bulgares avec du ruban aux fenêtres.
Il était cinq heures du matin quand la $_{\text{R}}$ussie a commencé à nous bombarder.
Mais cela fait des siècles
Que la langue est interdite, la paix volée, le corps affamé.
Huit ans que la phase active a commencé. Elle ne fait que continuer.
L'odeur du printemps, de la guerre et du malheur flottait dans l'air.
Je suis sortie acheter quelques bouteilles d'eau,
Un vent presque printanier ébouriffait mes cheveux.
Maman a dit : « Je ne quitte pas le village, ici il y a un couvert. »
Elle était si anxieuse, en larmes mais fière.
Toi, $_{\text{R}}$ussie, es-tu consciente qu'on ne te pardonnera pas ?
Nos enfants pleurent à cause des explosions et des combats.
Les nouvelles ont la douce acidité d'un pamplemousse mûr.
Les $_{\text{r}}$usses se sont emparés de la ville. Tiens, un cadavre $_{\text{r}}$usse en armure,
Allongé dans le centre-ville, avec un ruban blanc.
Pas de vodka ici, mais la mort, Ivan.
Et là, un des nôtres a abattu un avion et un hélicoptère.
L'équipage devait mal vivre en $_{\text{R}}$ussie et cherchait une bonne mort en Ukraine.
Les chars ennemis ont franchi les frontières et sont presque à un jet de pierre,
Et là, dans les grandes villes, les sirènes et les attaques aériennes.

Un simple conscrit ukrainien âgé de 18 ans
A fait un tas de ferraille d'un « ours » géant.
« Ils vont tous mourir et nous claquer dans les pattes », écrivent les copains.
Même ceux qui parlaient de la guerre avec surprise auparavant.
Je n'avais pas ressenti une telle peur depuis longtemps. Et une telle légèreté.
J'aime quand tout est clair, quand tout est démasqué.
Je suis anxieuse, épuisée, triste mais confiante car l'horizon jaune et bleu protège ma terre indépendante.

Kyïv
24 février 2022, 20 h 32
Traduit par Youliya Pahour, relu et corrigé par Olena Pyssarevska, Veronica Halytchyna, Élisa Sabathié

Djouliya KOVALSKA
40 ans, Dnipro – Lviv.
Écrivaine, activiste culturelle. / J'écris un peu moins qu'avant.
La poésie persuade, aide, inspire, donne la foi.
La vie est une usine d'accomplissement des rêves.

* * *

AU DÉFENSEUR

Mon ami, je t'attendrai ici,
du coucher au soleil levant.
Je sais que tu m'entends : voici
la prière, de mon cœur venant.

Je te dirai le bercement
des arbres que la pluie arrose,
les chats qui reprennent leur chant
quand le printemps vient, svelte et rose.

Je te dirai mon nez gelé
quand j'émerge de mon sommeil ;
ce drôle de messager ailé
et l'air, splendide, à mon réveil…

Je sais que la guerre sévit,
quelle est ton audace sous la grêle,
et que la victoire a son prix…
Et toi, à distance d'un appel,

tu m'écriras : « La vie, regarde,
a peu de joies mais elle va »,
et que toi, tu me sauvegardes…
Mon Défenseur ! Merci à toi !

Lviv
25 février 2022, 9 h 09
Traduit par Volodymyr Kyrpyta, relu et corrigé par Marie Palewska et Bernard Jacquier, Tetiana Katchanovska, Marie-France Clerc

Ouliana HALYTCH
36 ans, Ternopil.
Critique littéraire. / Je fais du bénévolat.
La poésie fixe et met en relief les changements mentaux, spirituels, historiques.
Bonsoir, nous sommes d'Ukraine !

* * *

LES FLORAISONS DANS LA NUIT

c'est dans la nuit que je sens pousser les floraisons d'herbage
aussi pointues que des coupures comme des fantômes des visages
n'appelle pas ceux qui sont partis vers le grand voyage
c'est dans les rêves, au Walhalla, dans l'au-delà où ils sont
tous ces gens sont devenus soit des totems soit du vin soit des anges
ils sont désormais faits d'or pur ou d'ambre orange
ils sont des voix qui combattent les ténèbres pour de bon
ceux qui sont partis, qui ont pu résister pour continuer leur histoire
sur la neige perdue couronnée par des roses noires
un chemin vers les cieux bien tracé par les chaussures
à l'aube douloureuse, le matin ressemble à une blessure
le matin apporte des nouvelles et des fruits de tristesse
le règne de l'eau vive et d'une si lente sagesse,
pour y retrouver le chemin, il faut qu'on disparaisse
là où personne ne craindra le manque de lumière ni de pain
là où l'ultime frontière est posée, nette et franche
tant de gens braves doivent y prendre leur dernière revanche
et notre histoire éternelle est comme une lame qui tranche
comme une lentille biconvexe même concave convergente
c'est bien cette forme qui nous unit et nous montre le sens
chaque ville d'Ukraine défendra son unique existence
un pont vieilli est tremblant et il perd contenance
et les ténèbres se fondent et la terre est brûlante
nos fils, nos épouses, nos soldats, nos filles et nos frères

je le vois bien : les pourquoi si cruels de la guerre
sont pour que ce monde se divise en « nous » et en « eux »
pour que la pierre tombale s'écarte de la funeste entrée
le prix à payer pourrait sembler élevé pour celui
qui ignore de nouveaux tréfonds de cette vilenie
et je ne suis pas la seule à avoir une vision bénie
des faces d'anges émergeant d'une brume éthérée…

Ternopil
25 février 2022, 15 h 48
Traduit par Oleksandre Ladourenko, relu et corrigé par Halyna Dranenko, Veronica Halytchyna, Jérôme Constantin

Mariya VOROBETS
52 ans, Nadvirna, oblast de Ivano-Frankivsk.
Formatrice.
La poésie sert à activer la force intérieure.
Je voudrais transmettre la vérité.

* * *

LES CŒURS UKRAINIENS

On entend le battement des cœurs ukrainiens de partout !
Sur la planète tout entière !
Chaque battement sonne l'esprit ukrainien,
La victoire des forces de lumière !

Ce battement de mille cœurs dit au peuple qu'il est temps
De s'élever au-dessus du mal !
De joindre nos forces pour le bien commun
Et de vaincre l'ennemi infernal.

Faire fuir la force et la rage agressives,
Arrêter l'offensive maléfique !
Toute la Terre dit à l'Ukraine : VIS !
Défends le genre humain de cette horde satanique !

Le battement des cœurs ukrainiens résonne dans l'air
Comme un carillon qui sonne pour chacun.
Et ces cœurs de lumière pour la planète entière
Créent son glorieux destin !

Nadvirna, oblast d'Ivano-Frankivsk
26 février 2022, 23 h 33
Traduit par Ella Yevtouchenko, relu et corrigé par Emmanuel Feuchot

Nataliya MARYNTCHAK
41 ans, Kharkiv.
Écrivaine, journaliste.
La fonction de la poésie est de s'écouter les uns les autres.
Nous avons quelque chose à dire.

* * *

au cinquième jour, tu arrives à distinguer la distance au bruit
le bruit des obus d'un monstre hostile assoiffé de sang
et maintenant, voilà l'ennemi un bruissement un sifflement un impact
et nous interrompons la conversation au milieu d'une phrase
et nous dormons sans dormir somnolant à moitié
chaque jour nous tenons la même conversation sans fin
comment ça va
le lait n'a pas tourné je nourris mon enfant
j'étais à la campagne j'ai vu une vache coupée en deux
je vois les files d'attente par la fenêtre tout le monde est uni et attentif
j'ai réussi à trouver du pain et j'apporte des médicaments à ma mère
ça va vous êtes où
nous sommes en ville nous dormons à tour de rôle au sous-sol
et nous surveillons le drapeau pour qu'il ne soit pas arraché
je pleure de fierté pour les filles et les garçons décédés
le linge met très longtemps à sécher
l'électricité a enfin été rétablie
au dîner pas de crème glacée ni de dessins animés pour l'instant
aujourd'hui j'ai réalisé que le mot
« guerre » est devenu ordinaire
comment ça va
nous avons préparé du thé fort
rien d'autre
non
cela nous suffit maintenant

ta femme ça va
elle ne pleure plus bruyamment
elle fait du pain elle chuchote grommelle
je prête l'oreille
elle maudit toutes ces mères
qui ont élevé leurs fils en chiens menteurs et pourris,
elle ne cesse de dire qu'il faut semer des pervenches sur les tombes
elle ne cesse de s'inquiéter à l'idée que les bougies commémoratives ne s'éteignent
si seulement ces salauds savaient qui ils ont réveillé
ils n'auraient jamais pu imaginer des femmes armées dans les rangs
des compatriotes désarmés qui arrêtent des colonnes de chars
les détachements majestueux et élégants des forces armées
des milliers, des millions de gens prêts à se battre jusqu'à la mort
pour ne pas céder le moindre grain de leur terre à quiconque
et le désir ardent de revenir vivants chez eux
comment tu vas
j'ai fini ma cigarette
moi je fumerai plus tard ils tirent
ici une maison est détruite et une école maternelle avec des petits enfants
et cela jamais personne ne le pardonnera
ça va chez vous
on est sains et saufs l'électricité est toujours coupée
une carcasse de lance-roquettes dépasse de la maison d'à côté
aujourd'hui j'ai échangé des croquettes contre du pain
nous dessinons à la maison
seules les chansons nous sauvent
quand ça tonne je chante encore plus fort
le pire c'est quoi
le pire c'est le silence jadis tant désiré

Kharkiv
28 février 2022, 17 h 36
Traduit par Anastassiya Snitko, édité par Olena Pyssarevska, Nataliya Mykolayévytch-Djouman, Marie-France Clerc, Justine Donche-Horetska

Elektroskeptic (Oleksa BABANSKY)
40 ans, Boutcha, oblast de Kyïv.
Philologue, entrepreneur. / J'ai vécu un mois sous l'occupation de Boutcha. L'intensité des tueries et des destructions a augmenté.
La poésie saisit une part de transcendance.
Le monde repose sur de terribles pactes dont nous ne voyons que la surface.

* * *

CHANT POUR LES OCCUPANTS BRÛLÉS

Voici les Youra, les Andrey, les Vania
Jouets mécaniques d'un méchant nain
Ce charlatan, il recoud leur cerveau
Chez les voisins Vania va, pauvre con

Tout est de travers dans la tête d'Andrey
Une soupe de vodka bout dans sa cervelle.
À une guerre juste pour rire il s'attendait
C'est lui le bifteck sur un char tout fumé

Un autre, Youra, tire de son canon chaud
Sur les enfants et rigole d'un rire sot
De chair et de peau, cette poupée s'amusait
Jusqu'à devenir elle-même un engrais.

Pauvre Vania, il t'envoie bien en vain,
Ce sorcier bête, au combat chez les voisins.
Avec un sourire et les dents en acier
Le peuple local fait de toi un filet.

Il est grand temps d'étrangler le sorcier
Le feront, peut-être, ses amis magiciens ?
Tout comme la poupée, celle du mausolée[26],
Il est pourtant homuncule et leur chien.

Cette poupée-là bouge la main dans la nuit
Par elle le chemin au calvaire finit
La mort de Kochtcheï[27] se cache ici-bas…
Jamais, néanmoins, personne ne le saura.

Dans un abri antiaérien de Boutcha, oblast de Kyïv
1er mars 2022, 21 h 00
Traduit par Veronica Halytchyna, relu et corrigé par Inha Yatsenko, Jérôme Constantin

[26] Le mausolée est l'un des symboles idéologiques de la Russie qui montre à quel point cet État est né et dépend du totalitarisme, et comment il cultive un rite quasi nécrophile, pourrait-on dire ; en effet, c'est à cet endroit (sur la place Rouge, au sein même du Kremlin) qu'est exposée la momie de Lénine, l'un des créateurs de l'URSS et de la Tchéka, et l'initiateur de l'Holodomor dans les années 1920.
[27] Kochtcheï est un personnage des contes merveilleux de la mythologie slave, un vieil homme maigre et méchant qui habite la forêt. Il est qualifié d'« immortel », plus exactement de « sans mort », sa mort étant extérieure à lui (cachée dans un œuf qui se trouve dans un coffre qui se trouve sur un arbre, etc.).

Dominik L'HARPISTE
Crimée. Philologue.
La poésie sert d'unificatrice.
Je voudrais transmettre la vérité.

* * *

AUX MÈRES RUSSES

Il n'est pas à toi, ton fils… Pour son frère il n'est pas un frère…
Si tu peux, hurle, pleure… Il ne reviendra pas…
Tu accoucheras de nouveau… On te reprendra ce fils aussi…
Ton cœur brûle, si tu peux, hurle, pleure…
La marque de Caïn brûle sur son front.
Le sang coule à travers le Dnipro… Coule à travers moi.
Le cheval pâle est au galop… Des cavaliers en feu…
Les devins de la mort galopent sur moi.
Vii[28], démon aveugle de la guerre, vient pour son Thomas…
Mon fils, dors… Nous ne sommes plus nulle part…
Couvre-toi de vie, mon fils, ne grandis pas…
Reste un enfant… Seigneur, pardonne-nous…

Crimée.
3 mars 2022, 10 h 31

[28] *Vïï* (ou Vij, Vii, Viy, Vyi selon les translittérations) est un personnage mythologique qui peut tuer d'un regard maléfique tout être qu'il considère comme son ennemi, en soulevant seulement ses lourdes paupières. Cette entité démoniaque est au cœur du récit de Nicolas Gogol, intitulé précisément Vïï. On sait, par ailleurs, que cet écrivain d'origine ukrainienne est considéré comme russe par le pouvoir moscovite, soucieux d'affirmer et d'exhiber sa « grandeur culturelle », à l'instar de nombreux autres créateurs qui n'avaient comme caractéristique russe que celle d'être nés au sein de l'empire.

Valentyna DAVYDENKO
67 ans, Kyïv.
Activiste culturelle. / Je fais de la diplomatie culturelle.
La poésie est un médaillon de l'histoire de l'héroïsme.
Faisons en sorte que l'Harmonie règne.

* * *

À PRÉSENT JE N'ÉCRIS PAS DE POÈMES

À présent je n'écris pas de poèmes. Je scrute la guerre sur les écrans ;
son vocabulaire froid et dur ; et là où les ripostes tombent.
Tout ce qui compte à présent pour moi,
c'est que l'ennemi soit touché par les bayraktars[29] très précis.

Car nous avons vu des anges dans les cieux de Kyïv
avec des ailes blanches déployées qui nous étreignaient d'en haut.
Et à présent, ils sont désormais descendus et se sont tenus aux checkpoints.
Et nous ne faisons que prier pour eux, afin qu'ils restent en vie.

Et je déploie vers le ciel mon châle, exhalant autrefois
des parfums de roses rouges, et imprégné à présent des odeurs de fumée.
Et tous ceux qui ont prié dans les ténèbres des abris la Mère de Dieu ont vu qu'elle en tenait les franges de ses doigts.

Kyïv
3 mars 2022, 18 h 42
Traduit par Iryna Noha, relu et corrigé par Halyna Dranenko, Monique Chenot

---

[29] Le Bayraktar TB2 est un drone tactique d'attaque qui a fait preuve de son efficacité non seulement dans la destruction des véhicules blindés appartenant aux colonnes des forces d'occupation non couvertes par la DCA, mais aussi dans l'opération contre le Moskva. Ce modèle de drone qui a équipé les FAU a pu être acheté — et c'est quasiment une première dans le monde – grâce à une collecte effectuée par des citoyens ordinaires d'un pays qui n'était pas directement impliqué dans la guerre, en l'occurrence la République de Lituanie.

Halyna KYRPA
72 ans, Kyïv.
Écrivaine, traductrice. / J'ai commencé à réfléchir et à m'inquiéter plus, et à écrire et à traduire moins.
Sans poésie, le cœur humain se refroidira.
Je veux que le monde soit dominé par le spirituel plutôt que par le matériel.

* * *

POÈMES EN TEMPS DE GUERRE À KYÏV

I

Non, ce n'est pas le bruit doux de la pluie,
C'est le peuplier
Sous ma fenêtre qui pleure,
Et je ne sais pas
Comment le consoler.
Je lui dis :
— C'est déjà le printemps
Et sous peu il fera beau temps
Mais il sanglote
De plus en plus
À ne pouvoir plus s'arrêter.
— Oh, mon petit frère,
Mon cher peuplier
Au feuillage argenté !
Je le serre dans mes bras,
Mais il tremble et sanglote.
Je ne lâcherai pas mes étreintes
Jusqu'à sa dernière larme.
Et puis, nous deux,
Nous nous mettrons à recoudre le ciel
Bombardé par des hordes vandales.

Et le sang coulera
De nos doigts –
Goutte par goutte,
Jusqu'à ce qu'il s'égoutte
Sur la terre
Et là, un petit peuplier
Apparaîtra –
Encore un, deux, trois…
Cent… mille… un million…
Et alors il pleuvra –
Ce sera une vraie pluie ukrainienne
Qui n'oubliera aucune larme
Tombée des yeux
Et de ce peuplier et de l'homme le plus misérable
Sur cette terre.

II

— Chéri, mon chéri,
Peux-tu le croire ?
Chaque nuit
Je me couche
Avec une mitraillette
Dans les mains.
— Mais non ! – tu pouffes
Dans tes cieux de l'au-delà.
— Toi, avec une mitraillette ?
Tu n'as cueilli aucune fleur
Ni marché sur aucune fourmi,
Ni dépassé aucun arbre
Sans le caresser.
Ça te sert à quoi, la mitraillette ?
Mais moi, je ne ris pas,
Je ne contiens plus
Ma colère,

Je ne parle plus,
Je hurle en m'époumonant :
— Pour tuer le monstre
Qui détruit notre monde.
Ce monde créant
Une existence agréable
Pour une fleur,
Une fourmi,
Un arbre
Qui ne peut plus se réjouir
Du printemps tant attendu.
Un monstre sans pitié
Qui démolit tout
Là où il pose son regard.
Chéri, mon chéri,
Comme tu es plus proche de Dieu
Que moi,
Demande-lui
Pourquoi, voyant une femme âgée
Tenir une mitraillette,
Il ne fait qu'observer et répéter :
« Tout est entre les mains de Dieu » ?

III

Ils me manquent… tellement…
Tes yeux et tes étreintes,
Dans cet abri antiaérien étroit.
Sans eux je peux y étouffer
Je continue quand même à respirer.
Je souris machinalement,
Je viens ou je m'en vais.
Je fais quelque chose,
Pas ce que j'aurais aimé faire
Mais ce qu'on doit,

Et tout ce temps, j'ai peur
Qu'il ne périsse, ce soleil sans défense.
Elles me manquent… tellement…
Nos discussions sans fin
Et ces surnoms amusants
Que tu aimais à m'inventer
Comme en plaisantant
Et moi, je les acceptais
Comme si c'était censé être.
Et quand – il me semble – je les entends parfois
Je souris aussi, mais pas machinalement,
Ayant un espoir inconscient
Qu'il ne périra pas, notre soleil sans défense…
Je ferme les yeux et je les entends de nouveau
Encore… encore… encore…
On n'en parlera à personne,
Car qui pourrait saisir
Le langage de deux amoureux,
Si semblable à l'espéranto.
À part le vent ?
Et encore, s'il nous écoute attentivement,
Après s'être glissé derrière nous
Dans cet abri antiaérien.
Il me manque… tellement…
Un bref instant, au moins,
Celui qu'il n'y a pas si longtemps
On appelait le Bonheur.

Kyïv
1er-3 mars 2022, 23h59
Traduit par Zoya Boryssiouk, relu et corrigé par Claude Hecham

Oleksandre IRVANETS

61 ans, Irpine, oblast de Kyïv.

Poète, romancier, dramaturge, traducteur. / Je fais du bénévolat, je continue à écrire et à créer des publications sur mon blog sous les bombardements.

La poésie soutient la résistance nationale et fixe des événements.
Nous surmonterons tout, nous survivrons !

* * *

De la ville détruite par les frappes de missiles,
Mon cri retentit dans le monde étonné :
Ce dimanche du Pardon, il me semble difficile
De trouver une raison pour vous pardonner.

Tu perdis tous les mots, monde plein de sagesse !
Mais au cœur de l'enfer des souffrances irréelles,
Kyïv reste invincible, notre chère forteresse,
Restent fortes Irpine et Boutcha, Hostomel.

Braves, robustes et fiers, nous vaincrons tôt ou tard,
Et un jour notre terre sera libérée
Des vestiges des tueurs répugnants et barbares
N'écoutant qu'un vampire chétif et taré.

La bonne cause vaincra et mon peuple aussi
Soutenu et aidé par la terre des aïeux.
Sans pardon à jamais restera la russie !
…Dis-moi, Bélarus[30], pourquoi tu détournes les yeux ?

Irpigne, oblast de Kyïv
5 mars 2022, 14 h0 0
Traduit par Kateryna Pityk, relu et corrigé par Tetiana Katchanovska, Jean-Philippe Tabet

[30] Le déploiement par la russie de troupes en Ukraine pour s'emparer de Kyïv et le lancement de missiles de croisière à partir du territoire du Belarus ont définitivement transformé ce pays en Biélorussie, devenue ainsi une base arrière militaire de moscou.

Hanna OSSADKO
43 ans, Ternopil.
Correctrice-relectrice, illustratrice. / Je fais du bénévolat. J'ai perdu mon tendre mari à la guerre.
La poésie verbalise la douleur, elle fait de la magie protectrice.
L'Ukraine était, est et sera !

* * *

Chère maman, cher papa, ça fait une semaine que la guerre est là.
Le premier matin, j'ai pleuré,
Mais le lendemain, j'ai donné mon sang pour les blessés et je me suis mise à fabriquer des filets de camouflage.
Le troisième jour, on n'avait plus de tissu,
Alors avec ma sœur, on a vidé votre armoire :
Maman, on a découpé en bandes toutes ces belles écharpes que tu portais au printemps,
les draps que tu avais achetés pour les offrir à ta petite-fille, les tricots et les chemises en lin de papa.

Et puis, les tissus nous ont manqué à nouveau –
Nous tissions un filet si grand qu'il aurait pu protéger toute l'Ukraine ! –
Mon amie nous a donc ouvert son magasin de tissus
Et on a découpé en bandes fines
La soie et le coton, la flanelle et le satin :
Noirs, verts, beiges, bruns, ocre.
À la fin, il n'est resté dans la boutique que des tissus à pois et à fleurs.
Maman, papa, dans toutes les boutiques, dans toutes les boutiques d'Ukraine !
Alors, quand nous gagnerons, nos femmes
Ne porteront que des robes de couleur, à pois et à fleurs.

Quelles autres nouvelles ? demanderez-vous.
Comment vous dire, pour que vous ne vous inquiétiez pas ?

Sacha est parti à la guerre. Oui, il ne sait pas tirer. Oui, il n'a pas fait son service.
Mais il apprend vite.
Sonia coordonne des bénévoles. Un vrai boulot, de 9 à 19 heures.
Elle rentre tellement épuisée que même les alertes aériennes ne la réveillent pas.
Pour charger et transporter les colis, les garçons sont là.
Et, encore une chose – ne soyez pas surpris, des gens de Kyïv
Vivent maintenant dans votre appartement.
Des femmes et des enfants. Ils sont bien, papa et maman.
Mais vous le savez déjà…

Papa, notre armée a repris ta Poutyvl. Ta Kouber aussi[31].
À Soumy et à Konotop, ça chauffait. Bombardements et chars d'assaut.
Kharkiv est depuis quelques jours pilonnée par des tirs de roquettes.
J'ai des amis là-bas.
À Tchernihiv, c'est l'horreur. Les bombes tombent sur les écoles.
Kyïv résiste jusqu'à la mort. Non pas la nôtre, mais la leur.

Maman, papa, ne vous inquiétez pas.
Encore une alerte aérienne. Non, je n'irai pas dans un abri.
Où en trouverais-je un ? Il n'y a aucun endroit sûr sur cette petite planète.
Non, je n'ai pas peur. Ici, après 9 heures, on doit éteindre la lumière
Dans toutes les maisons, il ne faut pas que nous soyons des cibles visibles.
Mais ça ne sert à rien, car ils ne visent pas, ils tirent leurs roquettes à l'aveugle,
De très loin,
Ainsi, ils évitent de regarder droit dans les yeux leurs victimes.

[31] Poutyvl est une ville de l'oblast de Soumy, au nord-est de l'Ukraine. Kouber est une petite rivière de l'oblast de Soumy.

L'unique bougie qui brûle dans la maison,
Éclaire votre portrait,
Et au moment où je vous parle, me vient une idée
(Pardonnez-moi, maman, papa) –
Il est heureux que vous ne soyez plus là,
Que vous soyez morts en paix.

Ternopil
5 mars 2022, 21 h 34
Traduit par Halyna Dranenko, relu par Veronica Halytchyna, Tetiana Katchanovska, Marie-France Clerc

Maya KLIOUTCHOVA

42 ans, Novodonetské, oblast de Donetsk.

Professeure de langue ukrainienne. / Mon activité poétique est devenue plus intense.

La poésie est l'âme et l'arme du peuple.
La puissance de la Parole est illimitée et invincible.

* * *

Avec ton bouclier ou sur lui,
nous accompagnant dans notre long voyage,
les saules nous murmuraient :
reviens vivant avec ton bouclier, ou sur ton bouclier, mort !
les balles sifflaient au-dessus de nous
en décidant de qui resterait en vie
Avec ton bouclier ou sur lui !
au-dessus du berceau, la mère chantait
en comprenant que notre chemin serait difficile
Avec ton bouclier ou sur lui !
Avec la foi dans le cœur et un désir invincible de vivre
pour gagner la liberté et de la défendre,
ne rien regretter dans la vie, peut-être, si courte
seulement ainsi et pas autrement
AVEC TON BOUCLIER OU SUR LUI[32] !!!

Village de Novodonetské, oblast de Donetsk
7 mars 2022, 19 h 01
Traduit par Viktor Tourtchaninov, relu et corrigé par Olena Kharytonova, Veronica Halytchyna, Jean-Philippe Tabet

---

[32] « *Aut cum scuto, aut in scuto* » est une expression latine signifiant « soit avec le bouclier, soit dessus ».

Hromovytsia BERDNYK
48 ans, Kyïv.
Écrivaine, ethnologue.
La poésie transmet de manière concise les significations les plus importantes du changement.
Nous faisons tous partie d'un tout uni. Chaque femme est l'Ukraine.

* * *

LA DOUZIÈME NUIT…

Celle qui accouche sous le feu.
Celle qui est née dans l'abri.
Celle qui lace les bottes de combat.
Celle qui cuit le pain.
Celle qui embrasse la nuit
Et qui bénit pour le combat le matin.
Celle qui aime en silence,
Et qui attend simplement.
Celle qui engage le combat.
Celle qui chante une berceuse dans un wagon étouffant vers l'ouest.
Celle qui prononce des prières pour faire se lever le soleil.
C'est l'Ukraine.

Kyïv
7 mars 2022, 23 h 00
Traduit par Vladyslav Kouznetsov,
relu et corrigé par Marie-France Clerc, Veronica Halytchyna

Taras YARESKO
35 ans, Vinnytsia.
Neurologue. / Je donne des soins médicaux gratuits pour ceux qui ont réussi à quitter la zone de combat.
La poésie enregistre les émotions pour la mémoire culturelle de la nation.
Je voudrais présenter un atlas émotionnel de la guerre.

* * *

somnole dans l'abri antibombes ma sœur
que tu puisses voir dans tes rêves :
des cygnes en serviettes dans des chambres d'hôtel
d'autres oiseaux dans le ciel qui ne sont ni à nous ni aux ennemis
des ondes qui viennent s'écraser sans choc contre la côte

dans le ciel nocturne au-dessus de l'abri
maintenant il est difficile de construire avec des étoiles Lego des constellations
sans leur tordre les articulations
sans casser par inadvertance l'aile droite du Cygne
sans faire pencher la Balance de son côté
sans que le Verseau ait à éteindre les flammes au-dessus du terminal pétrolier

endors-toi dans l'abri antibombes
son ciel de pierres tiendra bien le coup
à travers les paupières baissées et sombres malgré tout on laisse passer la lumière

c'est déjà un rêve, ou pas, je n'arrive pas à comprendre :
quelqu'un qui te ressemble
libère nos poings
et fait de tous les bandages
des cygnes blanc et rouge

Vinnytsia
8 mars 2022, 11 h 11
Traduit par « Paris-IF », relu et corrigé par Tetiana Katchanovska, Enzo Le Doze

Nataliya DZIOUBENKO-MACE
69 ans, Kyïv.
Écrivaine, publiciste. Membre du Conseil de l'Association ukrainienne des chercheurs sur l'Holodomor-génocide de l'Ukraine.
La poésie sert de pont entre l'instant et l'éternité.
Le mal qui ne s'est pas repenti revient ! Arrêtons la $_{R}$*ussie qui ne reconnaît pas l'Holodomor !*

* * *

Ici les inhumains ont massacré toute la famille, la ville d'Irpine est en ruines,
La ville de Kharkiv est en feu, la ville de Kherson tombe sous les chars,
La ville de Melitopol brûle, Tchernihiv, la ville des grands princes, est blessée,
Les villes de Tchouhouïv et d'Hostomel sont entourées par les colonnes prédatrices.

Ici les villages flambent, les enfants sont tués et blessés,
Les pleurs maternels se transforment en cri terrifiant,
Qui s'envole au-dessus du monde, qui sait compatir du fond du cœur,
Mais lui-même n'est pas habitué à lutter pour sa vérité et sa volonté.

Et l'ennemi affolé en convulsions de colère sauvage
N'entend aucun mot de réconciliation depuis longtemps.
Il vole notre passé en tirant sur notre avenir,
En épuisant jusqu'à la mort ses chiens entraînés.

L'humanité est couverte par l'ombre insatiable
De l'empire du mal, atroce, aveugle et impersonnelle,
Car plusieurs générations y sont unies par le sang
Et le gui a poussé au fond de l'arbre pourri.

Nous sommes les guerriers de la lumière, nous sommes la première et la dernière frontière,

Le pays s'est soulevé de la mer aux Carpates
Pour nos morts, pour toutes nos pertes et blessures
Notre bourreau, tu vas rôtir en enfer, Dieu te condamnera.

Kyïv
8 mars 2022, 15 h 28
Traduit par Hanna Kinda, relu et corrigé par Tetiana Katchanovska, Marie-France Clerc

Natalka FOURSA

58 ans, Poltava.

Poétesse, romancière.

La poésie sert de résistance nationale, de souvenir des mauvais moments.

Monde, je comprends : tu veux la paix. Mais la bête ne la veut pas !

* * *

Le soleil, le froid et le vent.
Le mur qui vibre tout bonnasse
Dans le monde entier on entend
hurler la guerre et crier mars.

Oh ! Qu'il fasse chaud maintenant :
C'est l'heure des miracles, ceux
Du printemps ! Gel mortel – moments
D'enfer, pas de juste milieu,

Pas de voie moyenne non plus,
Dans les failles de l'espérance
Ou de la foi car la balance
En février a disparu.

Le vent cherche : où es-tu ? Écoute
Le soleil : qui es-tu ? Mortel,
En même temps, être éternel ?
Ou brute que la croix dégoûte ?

Avec qui, pour qui êtes-vous ?
Toi ? trahiras-tu, en tuant ?
Sauveras-tu ? … dans ce printemps
Féroce et tardif, il sait tout !

Il interdit les fleurs éparses
Et ronge tout jusqu'au tréfonds…
Et monde entier, nous entendons
Hurler la guerre et crier mars.

Romodan, oblast de Poltava
10 mars 2022, 19 h 00
Traduit par Anastassiya Roudakova, relu et corrigé par Olena Kharytonova, Marie-France Clerc, transcréé par Jean-Philippe Tabet

Iryna MULIARTCHOUK
29 ans. Lviv
Professeur de yoga.
La poésie est une façon d'oublier et d'immortaliser.
C'est l'amour.

* * *

Et quand Tu me réveilleras, je rirai,
Ignorant ce mot qui glace le sang...
J'aurai oublié les sirènes. Cette angoisse, je l'aurai oubliée.
Seulement j'égrènerai encore ma prière : « Boutcha, Kherson, Pokrov… »

Seul le mot « Soumy » continuera à m'affliger…
« Marioupol » me fera mal quelque part, au bas du ventre…
Et mes veines hurleront à Chevtchenko mes pensées et leur tourment…
Et chaque phrase « il (ou elle) est orphelin(e) » me broiera le cœur…

Seuls les mots Kyïv et Kharkiv… me déchireront encore la poitrine
Et les mots missile ou bombe m'inspireront une peur sauvage…
Et les bandages de sauvetage bleus et jaunes…
Et la terre se lamentant comme une mère sur tous les cercueils…

J'attends le moment où Tu me diras : « Réveille-toi. Tu dormais. »
Nous avons déjà tout arrosé du sang de l'ennemi. C'est fini ! »
Et les yeux flamboieront comme à la Saint-Jean
Seul le mot « guerre » cachera Ton visage.

11 mars 2022, 17 h 15
Traduit par Marta Karytchort, édité par Olena Pyssarevska, Nataliya Mykolayévytch-Djouman, Jean-Philippe Tabet, relu en bilingue et corrigé par Justine Donche-Horetska
Lviv

Tetiana VLASSOVA
35 ans, Kyïv.
Poétesse, chanteuse. / Je fais du bénévolat.
La poésie n'est pas seulement fonctionnelle ; elle a aussi une grande responsabilité, car en période d'émotion intense, la poésie doit l'exprimer avec précision, empathie, sincérité.
Je voudrais transmettre la vérité.
Sur le monde entier et sur chaque personne.

* * *

Le 24 février, c'était hier.
Depuis ce temps-là, je ne me souviens de rien.
Et bien que je tremble toujours à l'aurore –
Je ne me souviens de rien.
Je ne me souviens de rien.

J'ai oublié ce que c'est de guetter la sirène.
Courir à l'abri devant ceux qui courent devant moi par dizaines.
Regarder l'enfance se changer en vieillesse.
Tout cela, par bonheur, ne m'a pas marquée.

Des missiles et des bombes – pas dans les films mais tout près, soudain.
Les premières maisons brisées et les premières pertes sans fin.
Je ne me souviens plus de ce qu'il y avait là : la peur ou bien la fermeté.
Je ne me souviens plus combien de temps on pleurait et pour quoi on priait.

Je ne me souviens plus combien le ciel était clair à cause des explosions et des incendies.
Je ne me souviens plus combien on avait peur et comment on partait sans envie.

Non plus des chars aux inscriptions sataniques roulant à travers les villages.
Je ne me souviens plus de rien sauf de la haine et de la rage.

La rage, la haine, parfois l'angoisse.
Ce n'est qu'au jour de la victoire que ma mémoire reviendra à sa place.
Lorsque tous ceux qui sont partis rentreront chez eux —
Leur mémoire reviendra et le fera peu à peu.

Lorsque toutes les choses maudites et horribles resteront dans le passé –
Je n'oublierai aucune nuit, aucune minute passée.
Je n'oublierai aucun coup de fusil, aucune mort.
Ma mémoire rentrera d'un pas ferme et fort.

Ma mémoire absorbera tout ce qu'il s'est passé.
Je n'oublierai aucun enfant, tué ou blessé.
Tandis que nos villes se mettront à renaître de leurs cendres,
Je n'oublierai aucun cri, aucun regard.

Je n'oublierai aucune journée de ce printemps.
Je n'oublierai aucune journée de cette guerre.
Le 24 février s'est passé hier.
Depuis ce matin-là, je n'oublie rien.

Kyïv
14 mars 2022, 21 h 36
Traduit par Veronica Halytchyna, relu et corrigé par Inha Yatsenko, Jérôme Constantin

Svitlana DIDOUKH-ROMANENKO
39 ans, Boryspil, oblast de Kyïv.
Écrivaine, traductrice, conceptrice-rédactrice.

* * *

Parfois, j'oublie les anniversaires d'amis et de parents,
Je ne me souviens pas à quelle heure mon bébé est né.
Mais maintenant je sais exactement une date :
C'est le jour où j'ai arrêté d'aimer les feux d'artifice.
J'ai arrêté d'aimer les feux d'artifice à 5 heures du matin
le 24 février 2022.
J'avais aimé les feux d'artifice toute ma vie,
ces fleurs qui naissent comme de nouvelles étoiles,
préfigurant des vacances, de la joie, du plaisir…
Et quand, derrière mes fenêtres, des sons étouffés répétés retentissaient soudain,
Je savais : c'est la vie qui sonne comme ça.
Mais quelle personne folle lance des feux d'artifice à 5 heures du matin ?
Tomber du lit.
Étreindre le bébé.
Pourquoi mes genoux tremblent-ils ainsi ?
« Maman, est-ce la guerre ? »
« Maman, allons-nous être tuées ? »
Emballer tout.
Ne rien prendre…
Pourquoi ?
Avoir peur des matins et des nuits.
Se procurer de la nourriture.
Découvrir dans les ruines les vestiges de ma vieille
vie heureuse.
Me réjouir de la mort de l'ennemi.
Être horrifiée à quel prix.
Chérir la mémoire des morts.

Oublier quel jour de la semaine on était
Mais pas quel jour de la guerre.
Pour entendre de nouveau, un soir, des sons étouffés répétés…
J'ai cessé d'aimer les feux d'artifice à 5 heures du matin
le 24 février 2022.
Maintenant, je sais que c'est ainsi que sonne la mort.
Je ne pardonnerai pas !

Kyïv
15 mars 2022, 11 h 27
Traduit par Polina Ravlo, édité par Olena Kharytonova, Tetiana Katchanovska, Jean-Philippe Tabet

Ihor ASTAPENKO
30 ans, Berdiansk, oblast de Zaporijjia.
Professeur d'ukrainien, commentateur sportif.
La poésie éveille l'esprit, repense la réalité de manière artistique.
L'Ukraine vivra toujours !

* * *

DANS LA GUERRE, LA VÉRITÉ

Tout sauf la guerre n'a pas d'importance car c'est la guerre.
Tout sauf la guerre n'existe pas car tout est la guerre.
La guerre elle-même est allée à la guerre.
La mort lui crie dans le dos : on fait la paire.

Dans la guerre, la vérité : vrai ou faux ?
Dieu a pris de sa bibliothèque *L'Ukraine dans le feu.*
Il a lu un extrait et l'a laissé tomber. À quoi sert ce feu ?
À quoi sert l'Ukraine ? Il a des choses à faire.

À quoi sert le ciel au-dessus de nous ? Nous sommes sous ce ciel, et après ?
Quelque chose s'est passé à la fin de l'hiver chez ces malheureux, et alors ?
Mon Dieu, tu entends : LA GUERRE !? Tu entends notre cri affligé ?
Tu l'entends car personne n'a fermé le ciel au-dessus de nous.

Les enfants devenus des anges n'ont pas eu la chance de venir sur la terre.
Les enfants de cette guerre, auront-ils la chance de devenir pères, devenir mères ?

Et qui va enlever les explosions et les sirènes des rêves ?
Qui va garder la mémoire des listes des gens

Dont les noms sont la seule chose qui leur reste ?
Le printemps vient dans le pays par les couloirs verts
Habillé en tenue de camouflage avec un fusil sur l'épaule
Et laisse les oiseaux en volées agitées dans le ciel du matin.

Bataillon de défense territoriale, un point de contrôle auprès de Berdytchiv
15 mars 2022, 12 h 44
Traduit par Veronica Halytchyna, relu et corrigé par Inha Yatsenko, Jérôme Constantin, Marie-France Clerc

Oleh KADANOV
44 ans. Kharkiv.
Musicien, acteur, participant aux projets musicaux. / Bénévolat.

* * *

ne pas anticiper
plus de deux pensées à l'avance
ne pas élaborer d'itinéraires
ne pas dire au revoir
attendre le printemps
se souvenir pourquoi
pour qui tout cela
au coin de la rue un chien noir
ronge des minutes
du corps déchiré du temps
hurle dans l'ombre des morts
lèche les plaies
d'une ville inconnue
je n'ai plus la force
d'endurer tout cela
aussi ma force est-elle infinie

Kharkiv
16 mars 2022, 20 h 40
Traduit par Iryna Znak, édité par Olena Pyssarevska, Nataliya Mykolayévytch-Djouman, Justine Donche-Horetska, relu par Jean-Philippe Tabet, Marie-France Clerc

Halyna TARASSIOUK
74 ans. Kyïv.
Écrivain.
La poésie a une fonction de combat.
C'est la vérité.

* * *

PRIÈRE DU PETIT SEVERIN DANS UN COIN OÙ IL N'Y A PAS DE GUERRE

Je veux rentrer chez moi aujourd'hui
À Kyïv dont je rêve chaque nuit.
Mes chatons sans moi sont restés affamés
Je ne veux pas que soient morts mes canards bien-aimés.

Je veux retourner et embrasser ma mamie
Pour ses tartes aux pommes qu'elle m'avait cuites.
Je veux me blottir dans les bras de papa
Et que ce temps du bonheur ne finisse pas.

Je veux remercier pour un accueil sincère
Les gens de l'Europe qui me sont devenus chers.
Que le Seigneur m'envoie le bonheur et la paix,
Ma patrie, mon Ukraine, ma vie telle qu'elle était.

Kyïv
19 mars 2022, 16 h 46
Traduit par Loutsiya Ouchakova, édité par Jean-Philippe Tabet

Halyna HOULIYEVA
28 ans, Ivano-Frankivsk.
Conseillère en gestion de carrière, philologue. / Je lutte sur le front culturel, je soutiens notre armée financièrement.
La poésie inspire.
Les ennemis sont mortels, la poésie est éternelle.

* * *

JE SUIS MARIOUPOL[33]

Ainsi dans les filets des yeux s'agite le poisson argenté d'une larme.
Je scrute avec insistance : la nuit est une icône. La Vierge
pâle, impuissante sur les draps ensanglantés,
frôle des lèvres le mutisme comme un nouveau Messie.

J'explose : des pierres pointues d'un spasme en bas du ventre.
Le doux rêve passe sous les fenêtres, comme une foule d'assassinés.
Voici, l'un des quatre, le cavalier noir. Et sous son sabot – ville / cœur.
Comme une lame – une limite que je ne souhaiterais pas franchir.

Et je tiens à la frontière entre les deux. Je m'étonne : moi-même ou quelqu'un d'autre ? Sur les paumes – des stigmates comme des roses trémières sauvages.

---

[33] La ville de Marioupol a été libérée des envahisseurs $_{r}$usses en juin 2014. Depuis lors, elle s'est imposée comme le centre des régions ukrainiennes limitrophes de la mer d'Azov et comme le lieu de cantonnement des unités militaires en état de combattre dans le cadre de la JFO. L'invasion $_{r}$usse de 2022 visait à couper les troupes de la Zone de la JFO du reste du pays et à éliminer l'essentiel des FAU.
En conséquence, la $_{R}$ussie a envahi le pays depuis son territoire (et non depuis les régions de l'Est temporairement occupées) en passant par les oblasts de Kharkiv et de Louhansk, d'un côté, et depuis la Crimée temporairement occupée en passant par la région de Zaporijjia. En se défendant, les Forces armées de l'Ukraine ont contrecarré les intentions de l'agresseur $_{r}$usse. La garnison de Marioupol (à Azovstal) a résisté héroïquement pendant quatre-vingt-six jours ; des milliers de noms ukrainiens figurent depuis au panthéon des guerriers de la lumière.

Je n'ai plus peur de rien, sauf des couloirs vides
où le silence résonne de cris d'enfants.

Ivano-Frankivsk
20 mars 2022, 8 h 58
Traduit par Lida Zinko, relu et corrigé par Mathieu Savelli

Youliana LÉ (LESNIAK)
27 ans, Lviv.
Critique littéraire. / Je continue à travailler loin du front, je fais du bénévolat.
La poésie soutient, unit, inspire.
Fiat lux *sur notre terre !*

* * *

quand le silence se tut,
la nuit commença à parler
la langue de l'ennemi

et à l'aurore,
avant le lever du soleil,
ces ennemis volèrent des voix
aux coqs d'ici

afin de s'en servir
pour marchander
leur langue avec le jour levé

Lviv
20 mars 2022, 20 h 00
Traduit par Aliona Bontouch, relu et corrigé par Olena Pyssarevska, Nataliya Mykolayévytch-Djouman, Halyna Dranenko, Jean-Philippe Tabet

Lioubomyr LESSONIN
20 ans, Brody, oblast de Lviv.
Étudiant. J'ai d'abord fait du bénévolat, puis j'ai continué mes études.
La poésie réécrit le présent dans un langage allégorique et parabolique.
Rien n'est plus important au monde que l'Ukraine.

* * *

PERMIS DE TUER

Je crie après la chaleur des boules blanches
Et, comme blessé, je me suis calmé.
Car la révélation est muette,
Car le silence cache plus d'une âme,
Cent fois poignardée avec des couteaux émoussés.
Entre moi et les feuilles sèches
Une fleur, qui devient un oiseau, se cache.
Il recherche du soleil vert –
Il trouve un squelette froid.
C'est là que le Nouveau Monde s'est caché.
Depuis longtemps – ne te mens pas – il n'y a pas d'autre couleur,
Sauf blanc et noir.
De quoi le globe est couvert –
Zèbre frivole sourd.
Prix du sang ukrainien –
La vocation d'artiste aveugle,
Permis de tuer le Mal féroce et carnaSSier.

Brody, oblast de Lviv
21 mars 2022, 9 h 10
Traduit par Tetiana Soloveï, relu et corrigé par Jean-Philippe Tabet

Anna YOUTCHENKO
26 ans, Lviv – Poltava.
Photographe, réalisatrice de documentaires.
La parole est un abri véritable contre la guerre.

* * *

Dans ce poème je voudrais remplacer
Le mot guerre par d'autres termes
Qui attendent d'être dits :
Par le mot pluie
Qui est ardemment serré dans le nuage
Comme un bruit dans l'âme
Ou une trace sur la route
Profond et frais comme une plaie
Où se sont cachés du vent
Petits insectes et gens
Par le mot arbre
Qui ne peut pas se délivrer de son ombre
Et l'accepte donc comme sa maison
Par le mot rayon
Le premier qui caresse le visage
Et disparaît de nouveau en un instant
Ou par le mot aimer
Étranglé dans la gorge
Aigu et difficile à prononcer
Juste un seul mot
Qui ne laisse pas le cœur s'engourdir
Je le donnerais à la terre
Afin qu'il germe en herbe et en fleurs
En forêts, rivières, montagnes
Plus haut vers le ciel et encore plus haut
Comme l'air monte dans la poitrine

En un souffle
Afin que ce poème
Ne reste pas dans mon corps.

Lviv
21 mars 2022, 18 h 02
Traduit par Sofiya Daleka, relu et corrigé par Olena Pyssarevska, Nataliya Mykolayévytch-Djouman, Tetiana Katchanovska, Claude Hecham

Olena O'LEAR
46 ans, Kyïv.
Poétesse, traductrice.
La poésie a une mission mystique, comme à d'autres époques.
Le chemin vers la perfection réside dans l'union avec Dieu.

* * *

PRIÈRE À SAINT MICHEL

(D'après l'icône de Yourii Nikitin)

Michel, ô notre saint patron,
Prince de la milice céleste,
La horde du mal, la nouvelle peste
S'est approchée de tes blasons.

Appelle aux armes, ô notre gardien,
Les forces du ciel pour la parer.
Et mène dans la bataille sacrée
L'armée de tous les anges du Bien.

Viens nous aider, ô Défenseur !
Avec tes ailes, chasse la noirceur
De fumée sur la capitale !

Balaye la horde, telle la poussière,
Et avec ta lance de lumière
Perce leur piètre poule bicéphale !

Kyïv
20-22 mars 2022, 14 h 41
Traduit par Ella Yevtouchenko, relu et corrigé par Marie-France Clerc

Mariya DZIOUBA
61 ans, Hvizd, district de Nadvirna, oblast d'Ivano-Frankivsk.
Artiste, écrivaine. / J'adopte des animaux domestiques que les réfugiés ont dû abandonner.
La poésie aide à tenir le coup et à saisir l'essentiel dans la vie.
Je voudrais partager ma propre opinion sur le monde.

* * *

PASSION

Je réfléchissais, soupesais
Ma tête sombrait, dépérissait :
Comment, lui qui est amour, le Divin
A-t-il pu verser dans les âmes de l'étain ?
Ne vous étonnez pas, peuples et nations,
Des chrétiens, la civilisation !
Au-delà des nuages, une ville : ses murs
Sont des joyaux au goût de Dieu.
La sécurité est son souci aux cieux,
Les anges sont en parfaite organisation :
C'est bien connu des peuples et des nations
Qui appartiennent à la civilisation chrétienne.
Comment ce Fils, qui vint en ce monde
Pour porter la paix, a-t-il pu s'écrier :
« Que ce feu s'enflamme ! »,
Blessant notre terre du venin d'un conte funeste,
Répandant une duperie telle,
Qu'alors, même Lucifer se retira ?
Les valeurs humaines faiblissent vraiment,
Du masque des démocraties se servant.
Le massacre, ce spectacle sanglant, se renforce.
Ukrainiens, toutes nos sympathies vont vers vous
Avec quelques armes. Nous sommes inquiets, nous !
Comme vous êtes fermes, quoique blessés.

Allez-y tout seuls ! Nous allons vous regarder !
Plus sinistre le bleu céleste devient
Par la folie raciste, sous l'œil divin
Qui accompagne ce drame tout entier.
Quoi qu'il en soit, cette guerre révèle la vérité
De la civilisation chrétienne.

Nadvirna, oblast de Ivano-Frankivsk
24 mars 2022, 22 h 41
Traduit par Bohdan Finiak, relu et corrigé par Veronica Halytchyna, Marie Palewska et Bernard Jacquier

Nataliya KARPENKO
60 ans, Vinnytsia.
Défectologue.
La vie continue.
Je crois en notre victoire !

* * *

LE JOUR PASSE À L'ATTAQUE

Quoi qu'il en soit, le jour passe à l'attaque.
Quoi qu'il en soit, le printemps resurgit.
Près d'un trou d'obus la corydale s'arque,
Près d'un trou d'obus la cigogne fait son nid.

Malgré la douleur, l'Ukraine a tenu,
Malgré le tonnerre, les champs sont semés.
Il tient sa ligne, le pays invaincu,
Il tient sa ligne, le printemps brûlé.

Vinnytsia
27 mars 2022, 10 h 56
Traduit par Olha Kamentchouk, relu et corrigé par Lioudmyla Ananieva, Marie Bucourt, transcréé par Jean-Philippe Tabet

Olena PACHOUK (KYTSAN)
39 ans, Loutsk.
Professeure de littérature. / Je fais du bénévolat.
La poésie aide à verbaliser la douleur.
La poésie est la beauté et l'harmonie, bien que parfois ce soit aussi la douleur, l'anxiété, le chaos.

* * *

Cette maison au regard désolé, quelle misère,
Quelles peines l'attendent encore, en cette guerre ?
Nuit écorchée, éclats et débris, courants d'air,
Rien ne sera plus comme avant, comme naguère…

Nous voulions juste du silence pour nous deux,
Échanger des pensées en nous prêtant des mots.
Et nous voulions juste dormir et rêver la nuit,
Mais notre ville crie comme un oiseau à l'agonie !

Le chemin du printemps a perdu sa boussole,
Au lieu de perce-neiges, des croix percent le sol.
Et, assis, tels des vieillards, près de la maison,
Nous faisons paître le soleil affamé sur le gazon.

Ses bottes de combat ôtées, la ville lassée
Nettoie le sang séché sur ses routes blessées.
Et s'il saute sur une mine, cet hiver félon,
Je serai bouclier pour protéger ton nom.

Loutsk
27 mars 2022, 23 h 15
Traduit par Olena Kompletova, relu et corrigé par Veronica Halytchyna, Halyna Dranenko, Tetiana Katchanovska, Marie-France Clerc

Serhiï SAVIN
24 ans, Kyïv.
Agent littéraire.
La poésie unit les cultures.
L'Ukraine fait partie intégrante de l'Europe, pour laquelle nous nous battons.

* * *

Pour parler de Marioupol, il faut enlever ses chaussures.
Europe ! Comment t'expliquer que la moitié de notre nation est enterrée dans les théâtres sur lesquels reposait notre foi en la vie ?
Il est temps d'apprendre à marcher pieds nus pour ne pas perdre le pouls souterrain de tous ces vivants.
Si l'Europe entière avait été dans un théâtre[34], notre ennemi aurait certainement perdu la tête.

Dieu, ô mon Dieu, apprends-moi à m'endormir, que j'enlève mes chaussures, apprends-le-moi,
Quand dans mon pays, il y a tant de tombes fraîches et de portes fracassées dont plus personne ne recherche les clés ;
Quand le cimetière se terre déjà dans mon cœur et que nous respirons ensemble, comme dans un orphelinat !
Tant de morts nous ont précédés, nul besoin de guide au royaume des morts…

Mais il est heureux que certains acceptent de se réveiller et suivent leur ange jusqu'à leur abri,
Au moins, jusqu'à la frontière où l'on transfuse aux réfugiés un sang ami afin qu'ils ne perdent la vie ;
Où Noé assemble avec de vieux clous une seconde arche d'alliance universelle.
Seigneur, merci pour ce pays où tout le monde se presse, comme des colombes, pour prier et partager la même peine.

[34] Théâtre de Marioupol.

Je me réveille en entendant la Mère de Dieu nourrir les perroquets laissés à sa garde.
Avant que l'alerte ne sonne, je cherche un peu d'air, encore, pour la joie, afin de rester ici, jusqu'à la fin,
Ici, devant la tombe de ma bonne grand-mère, où je m'écorchais les genoux jusqu'au sang, où j'ai appris à écrire « Mon Dieu ».
Mais pour parler de Marioupol, nous devons apprendre à lécher nos plaies dans le mot « amour ».

Kyïv
30 mars 2022, 3 h 38
Traduit par Dmytro Tchystiak, relu et corrigé par Marie-France Clerc

Sacha KLADBICHTCHÉ
Kyïv.
Musicien et auteur-compositeur.
La guerre m'a obligé à faire des choses inhabituelles. Maintenant, je peux faire tout ce qu'il faut si j'en ai vraiment besoin.
Inspirer la victoire et rappeler aux gens les raisons pour lesquelles le pays se bat.
N'ayez peur de rien. Tout le monde meurt, mais tout le monde n'est pas capable de vivre.

* * *

Blessé par un ours furieux,
Avec la tour de télévision touchée,
Des sirènes, des feux,
La gentillesse des gens – sans limites –
Kyïv tient, Kyïv est debout,
Comme il l'a été pendant de nombreux siècles.
Aidé et couvert par Tchernihiv, Soumy,
Et Irpine, et Izioum, et
Marioupol, durement défigurée,
Et Kharkiv, tordue mais invaincue,
Et Hostomel, et Borodianka
Et le vieux monsieur avec son Berdan[35].
Toutes les villes et villages – au front, et à l'arrière –
Sont devenus des héros, même s'ils ne le voulaient pas !
On ne s'attendait pas non plus à des victimes de votre part…
Mais notre gratitude ne connaît pas de limites.
Le pire prix sera payé.
Un jour nous rembourserons tout le monde,
Nous rembourserons chaque larme
Dans la bataille avec les « frères » maudits

[35] Le fusil Berdan était le principal fusil de l'armée russe à la fin du XIXe siècle, surtout utilisé comme arme de chasse et de sport de masse par la suite.

Tous ceux qui sont à naître, les morts et les vivants[36],
Qui se sont renforcés à l'épreuve du feu et du sang –
Ils sont tous devenus notre bouclier en ce moment !
Et Kyïv, pour cela, tient.

Kyïv
1er avril 2022, 10 h 40
Traduit par Anatole Loutchka, relu et corrigé par Maxime Deschanet

[36] Citation du poème *L'Épître* (Taras Chevtchenko, 1859).

Lioubov HOLOTA
72 ans, Kyïv.
Journaliste, écrivaine.
Les poésies en temps de guerre, ce sont des lettres à Dieu.
Je fais partie de ceux qui souffrent et ceux qui racontent cette douleur.

* * *

DONNE-NOUS LA FORCE !

Violés, torturés, tués,
par la pluie de nuit
pleurés et lavés,
comme des gerbes,
ils gisent devant la porte
où pour eux tout devint à jamais noir, en ce monde
torturé,
violé, tué
et puis par la pluie pleuré,
mais qui était jadis baigné dans la clarté.
La pluie printanière ne craint pas les morts,
elle touche leurs visages et les embrasse encore,
et chaque goutte de ces files célestes
s'écoule de leurs yeux morts et de leurs lèvres tièdes,
dans la terre noire
comme l'ennui
et dans les plates-bandes endormies
du jardin noirci,
flétri avant d'avoir fleuri.
Les oiseaux oublient de chanter
Parmi des maisons incendiées
dont le cri est muet,
les maîtres, fusillés,
où le soleil frappe les cœurs,
les cieux, les eaux

telle une bulle calcinée…
Et c'est d'épines
que ces enfants, ces anges, sont couronnés ;
leurs mères ne sont plus que des ombres sur terre
où se rappelle au Seigneur
le sang de nos frères
pas encore vengé…
Logis brûlés :
même le sel devient cendres.
L'âme en braise
s'envole vers Dieu pour Lui rendre
Le pain funéraire
pétri avec des larmes.
Tu pleures, Seigneur ?
Ça consolera ton âme…
Nos larmes et nos prières sont taries :
De ce champ de bataille nous ne nous sommes pas enfuis :
Après ce calvaire,
quel piètre réconfort que d'aller au paradis !
Donne-nous la force
et aide-nous à punir l'ennemi !

Kyïv
3 avril 2022, 11 h 28
Traduit par Volodymyr Kyrpyta, relu et corrigé par Veronica Halytchyna, Tetiana Katchanovska, Claude Hecham, Marie-France Clerc

Olia BOÏTCHOUK
37 ans, Ivano-Frankivsk.
Participant d'une ONG. / J'ai déménagé, je travaille à distance, loin du front.
La poésie sert de psychothérapie.
Il est temps d'appeler un chat un chat et d'arrêter de jouer.

* * *

FEMMES DE MA FAMILLE

Les femmes de ma Famille étaient torturées[37], rien que pour trois épis de blé[38],
Elles faisaient du pain avec des grains amers
En le coupant en deux dont la moindre moitié avait été partagée avec tous les vivants
Et la deuxième avait été cachée pour les survivants
Les femmes de ma Famille cachaient dans des étables les maquisards de l'UPA[39],
Elles cachaient leurs enfants dans les mauvaises herbes en leur disant de disparaître à jamais
Du regard de leur voisin milicien ayant vendu son âme au moskal

---

[37] Le Goulag (une abréviation qui désigne par extension l'ensemble des camps de travail forcé en URSS) est un sous-produit symbolique du régime soviétique, qui a contribué à sa « grandeur » au prix du travail forcé de millions de citoyens et de non-citoyens, y compris des prisonniers étrangers, dans ces camps de concentration, organisés par les hauts dirigeants de la russie soviétique et administrés par la police politique dans le cadre du système pénitentiaire, des années 1920 aux années 1960.
[38] Holodomor. Cette Politique à l'origine de trois famines (dont l'Holodomor), avec des actions ciblées menées par moscou pour exterminer par la faim la couche la plus active des agriculteurs, appelés « koulaks ». Ainsi, la loi du 7 août 1932, dite « des trois épis de blé », punissait de dix ans de déportation « tout vol, y compris le simple vol de quelques épis dans un champ ».
[39] Formée en octobre 1942 en Volhynie, l'Armée insurrectionnelle ukrainienne (UPA) était la branche militaire de l'Organisation des nationalistes ukrainiens, dont l'un des dirigeants était Stepan Bandera. L'UPA avait pour objectif principal d'instaurer un État ukrainien indépendant.

Tandis que sa mère à lui cachait un juif au sous-sol
Mes grands-pères et mes arrière-grands-pères avaient survécu aux tortures du NKVD[40]
Épuisés, malades, aveugles et muets, ils étaient sortis des prisons mais sans rien oublier
Ils élevaient leurs fils, bâtissaient leurs maisons, écoutaient le parti
Alors que le même voisin qui avait arraché les croix des églises
S'était approprié leurs biens et avait dévasté leurs maisons
Mes gardiennes de famille dans le cercle de femmes chantent et récitent le chapelet
Mes ancêtres, les sages, trient leurs jours :
En pleurant et en se repentant là où ils avaient péché :
« Il ne reste que trois générations sur les sept et plus aucun enfant ne verra la guerre »
Nous sommes trois générations et tous à genoux sur des fronts différents
Nous sommes les enfants de la guerre, les guerriers de notre famille, une génération d'orphelins et
De veuves, armés de vengeance et de la mémoire de nos ancêtres.
Nous en avons marre des histoires sur « les peuples frères »,
« Russe » pour nous est le synonyme d'assassin, et c'est le leitmotiv
Pour que nos pères et nos fils tiennent bon dans les rangs des soldats sacrés de la Liberté
Notre nation est devenue un avant-poste de la guerre dans ce grand enjeu géopolitique…
Tandis que nos visages dessinaient de drôles de grimaces,
Nos hommes nettoyaient leurs fusils en se préparant pour le combat
Puisque les sages savaient ce qui était inévitable dans les temps à venir
Femmes de ma Famille, bénissez-nous du signe de la croix !
Mes grands-pères aux cheveux gris, merci pour vos souvenirs obstinés…

[40] Le Commissariat du peuple aux Affaires intérieures (le NKVD) était, en URSS, un organisme d'État gérant le système répressif et les camps du Goulag. La Tchéka est l'ancêtre du KGB.

Laissez partir nos « frères » du règne non-humain
Laissez-les traverser le pont explosé d'Irpine
Et se noyer dans leur propre sang en regardant dans les yeux de la mort…

Ivano-Frankivsk
3 avril 2022, 13 h 05
Traduit par « Paris-IF », relu et corrigé par Veronica Halytchyna, Jérôme Constantin

Olaf CLEMENSEN
45 ans, Kyïv.
Poète, romancier.
Différentes poésies ont différentes fonctions…
Si seulement je savais moi-même (ce que je voudrais dire au monde)…

* * *

il existe des militaires
qui ne sont pas faits prisonniers
il existe des bataillons
dont les soldats, dans aucune circonstance, ne sont faits prisonniers
des compagnies des brigades des armées
même des pays
pays qui ne sont pas faits prisonniers
également des souvenirs
souvenirs
qui ne sont pas faits prisonniers
car ils sont alignés contre un mur et fusillés
pour ne plus s'en souvenir
pour ne jamais revenir
dans cette ville
ne plus sentir
ces odeurs
ne point voir
ces corps
mais dormir pendant la nuit
promener son chien
lire un livre
regarder par la fenêtre
boire du thé
du jus
du vin
comme si
tout arrivait à quelqu'un d'autre et pas à toi

arrivait autrefois et pas maintenant
sur une autre planète
dans une autre galaxie
et pas dans cette ville…

Oblast de Kyïv
4 avril 2022, 17 h 50
Traduit par Pavlo Matioucha, relu et corrigé par Veronica Halytchyna, Tetiana Katchanovska, Marie-France Clerc

Halyna YASTROUBETSKA
62 ans, Loutsk.
Professeure au département de littérature ukrainienne de l'université nationale Lessia-Oukraïnka de Volhynie. / Je fais bien mon travail. J'aide les réfugiés à s'installer.
La poésie emploie le langage artistique pour former la conscience du citoyen et éduquer l'homme en tant que porteur de Vie hautement spirituel.
Je voudrais affirmer : le mot est autosuffisant, c'est la structure la plus unique et la plus parfaite sur la planète Terre.

* * *

Dédié aux femmes et aux filles dont la vie, la maternité et la poésie ont été prises ou détruites par la guerre

je commence un poème et
j'en commence un autre
et un autre
combien y en a-t-il en moi
qui ne sont
pas encore
nés
dans mon ventre
mon regard s'enfonce dans l'abîme
intérieur
de plus
en plus
profond
noooon
mes poèmes s'élèvent vers les cieux
mes paumes gelées
jointes en prière

Loutsk
5 avril 2022, 14 h 08
Traduit par Diana Nakonetchykova, relu et corrigé par Halyna Dranenko, Marie-France Clerc

Lana PERLOULAÏNEN
63 ans, Lviv.
Écrivaine. / J'aide les réfugiés et les FAU, j'écris.
Aujourd'hui, tout le monde a un seul objectif : la victoire.
Je voudrais transmettre la souffrance et l'héroïsme du peuple ukrainien.

* * *

Seulement la fureur. Ni peur, ni épuisement.
Seulement la fureur. Ni larmes, ni chagrin.
Ceux qui verront la victoire chérie,
les morts les salueront des cieux.

Le drapeau planté sur les débris,
On recommence de zéro.
Du sol labouré par les missiles
Naîtra une génération de héros.

Lviv
11 avril 2022, 23 h 00
Traduit par Inna Boura, relu et corrigé par Maxime Deschanet, Veronica Halytchyna

Yevheniya TCHOUPRYNA
51 ans, Kyïv.
Poétesse et chanteuse, membre du PEN Club Ukraine.

FOXTROT ORQUE

— Allô, mon nouveau général,
tu as tout mis en ordre, hein ?
Dis-moi, c'est très intéressant,
Où planifions-nous de défiler ?

— Tout est très bien, Monsieur le Président[41],
Nos troupes profitent du temps,
Nous contrôlons déjà les incidents,
Il y a une nuance cependant…

C'est une bagatelle, Dieu merci,
On se tire sur le pied ici,
Mais en tout cas, Monsieur le Président,
Nos affaires s'arrangent comme il faut.

— Vieux fou, pourquoi me fais-tu peur ?
Laisse tes chiures enfin, arrête.
Je te demande : où va-t-on faire
Le défilé pendant la fête[42] ?

---

[41] poutine

[42] Proclamé par le kremlin comme le Jour de la victoire sur les nazis, le 9 mai est un symbole de la vision du monde russe, un élément central pour le culte de la victoire qui « n'a pas de prix », selon les paroles d'une chanson patriotique. Prenant forme sous le régime de poutine, ce culte unit la société autour de l'idée d'exclusivité russe en tant que « sauveuse » du monde entier contre le nazisme. Cette conception chauviniste n'a aucun rapport avec le véritable visage de la guerre. En 2015, dans la ville occupée de Donetsk, les collaborateurs de moscou ont commis des actes d'humiliation publique à l'encontre des soldats des Forces Armées de l'Ukraine capturés (qui étaient censés être des prisonniers de guerre selon les Conventions de Genève) lors du « Défilé de la Victoire ».
« Les Ukres » est un surnom dédaigneux donné aux Ukrainiens par les russes aussi bien que par leurs acolytes en Ukraine.

— Nous le ferons, Monsieur le Président,
Que Votre Majesté nous dise !
Une seule chose reste : pour ce moment,
Cette ville-là doit être prise.

— Eh bien, prenez-la, quel problème ?
Les Ukres nous en empêcheraient, hein ?
Bon, si Kyïv n'est pas en thème,
Prenez Odessa au moins.

— C'est facile à dire, Monsieur le Président,
Mais les autres ont écrasé notre équipe de débarquement
En nous disant avec leur fort accent
Qu'elle s'était sabordée toute seule. Ou quasiment[43].

— Et nos forces terrestres, que font-elles ?
— Elles ne sont pas entrées à Odessa,
Mais en tout cas, Monsieur le Président,
On a rossé ces Ukres-là.

— Et Kharkiv ? C'est une ville russe.
Le maire là-bas, séparatiste,
Va nous aider, aucun virus…
— Cherchons ailleurs… mais ça devient triste !

[43] Depuis la fin du mois de février 2022, les vaisseaux de la flotte de la mer Noire de la Russie mouillaient dans la zone maritime proche d'Odessa, se montrant prêts à lancer une opération de débarquement naval pour s'emparer de la ville. Les forces et les dispositifs de l'artillerie côtière, combinés aux Bayraktar* et aux champs de mines flottantes, ont empêché le débarquement russe sur le littoral ukrainien. La résistance ukrainienne a atteint son point culminant avec le torpillage du *Moskva*, près de l'île des Serpents. Cette dernière a également été rapidement libérée des troupes russes grâce à une opération courageuse des Forces d'opérations spéciales des FAU et de la Direction générale du renseignement du ministère de la Défense de l'Ukraine, l'Ukraine confortant ainsi son statut de puissance maritime.

— Mais pourquoi donc ? — Polejaka[44],
Vassyl Riabko, Serhiï Jadan
sont emmerdants, c'est un fracas,
enfer, Israël et Maïdan.

— Et Marioupol, comment ça va ?
— Les banderistes s'enferment là,
Ils couchent les nôtres par centaines,
Car ils ont du temps et du flair.

— Allô, allô, et le croiseur,
Celui qui s'appelle *Moscou*[45] ?
j'espère bien qu'il est en place
Et capable de faire beaucoup ?

— Tout est parfait, Monsieur le Président,
Mais je dirai, j'ai failli oublier,
Que ce navire a eu un incident
Et, stratégiquement, il a coulé.

Il y a eu un Bayraktar
Qui a détruit le radar,
et deux fusées, celles de Neptune[46],
lui ont fourni mauvaise fortune.

---

[44] Artem Polejaka est poète, né à Kharkiv. Vassyl Riabko est musicien (du groupe Papa Karlo), originaire de Kharkiv. Serhiï Jadan est poète, romancier, essayiste, musicien et traducteur. Il habite Kharkiv.

[45] UPA : Armée insurrectionnelle ukrainienne

[46] Le Neptune est un missile de croisière de fabrication ukrainienne, dont l'utilisation est liée à l'anéantissement du navire amiral de la flotte russe de la mer Noire, le croiseur lance-missiles *Moskva* (var. *Moscou*), et à la destruction du système de DCA S-400 Trioumf, capable de contrôler la situation dans l'ensemble de la mer Noire.

Les munitions ont détonné,
tout l'équipage fut condamné,
très peu ont pu alors descendre,
Moscou était réduit en cendres,
et le reste de nos navires
a dû rapidement fuir,
le satellite de l'Otan le voyait
et certes, ce bazar a été filmé.

Et quant au défilé, Monsieur le Président,
Vous pouvez toujours vous le fourrer dans le cul.

Kyïv
17 avril 2022, 12 h 00
Traduit par Volodymyr Kyrpyta, relu par Claude Hecham, Marie-France Clerc

Iryna SAJYNSKA
27 ans, Kyïv.
Chargée de communication auprès de Ukrenergo. / Je travaille et je fais du bénévolat (je recherche des médicaments rares et je garde des animaux domestiques).
La poésie, c'est un fixateur de gris de Payne sur la toile du XXIe siècle.
Personne ne ressuscitera si le monde regarde en silence.

* * *

LE BOURGEON

J'espère qu'une balle n'apercevra personne ni rien
Ni ces mouvements silencieux, ni l'odeur du sang dans l'air
La neige rouge et collante, des branches tâtant le pouls blanc
Une lanterne fusillée, mais on voit la lune à travers.
« C'est le signe qu'on peut rester, alors ne crains rien,
Ni trompettes troublées, ni avion menaçant »,

Dit une mère. Ces paroles sont de glace
Un bourgeon de fer, dans le crâne, occupe la place
Car la maison a désormais trois niveaux : souterrain, terrestre et céleste.
La mort choisit les plus beaux et les plus admirables ici,
Se moquant d'une mère pleurant au-dessus de son fils,
Car le fils humain ne pourra pas revenir à la vie.

La neige du printemps ondoie là où le vent chante, sanglant,
Qu'avec avril finissent les persécutions
Dans une ville où il n'y aura plus d'affliction :
Une ville où poussent tant de fleurs qu'on pourrait s'y perdre !
Tu vois, Seigneur, je ne puis plus rien faire,
Il ne me reste qu'à compter les mots toujours manquants.

Kyïv
17 avril 2022, 23 h 59
Traduit par Bohdan Finiak, relu et corrigé par Veronica Halytchyna, Marie Palewska et Bernard Jacquier

Kot YELPITIFOR
36 ans, Irpine, oblast de Kyïv.
Botaniste. / Je fais du bénévolat.
La poésie aide à endurer pour ne pas devenir fou.
Je voudrais transmettre l'histoire.

* * *

Il s'assoit à côté et dit : « Dieu, comment ça se fait ?
Je ne t'ai pas demandé, je n'ai pas prié pour ça ! »
Dieu baisse les yeux, éteint les lumières partout : « C'est fait !
Prends une épée ou une mitraillette et va au combat.

Tu rentreras ensuite chez toi, bien sûr, si tu as une maison.
Tu embrasseras ta femme – je ne vais pas te la prendre.
Tout cela sera plus tard. Et maintenant, allons !
Qui est ton vrai ami, tu pourras le comprendre.

Tu donneras du pain et des os aux chiens d'autrui,
Tu ne pourras choisir quoi manger et porter.
Penses-tu que ce sera effrayant ? Oui,
Mais sache-le : soit tu les tues, soit ils vont te tuer.

Tu remarqueras chaque naissance du jour.
Ces aurores… est-ce que je les dessine en vain ?
Tu comprendras qu'il faut vivre d'amour
Et que tous les dollars et les roubles ne valent rien.

Tu couperas du bois pour réchauffer les vieux,
Tu liras dans leurs yeux la peur et la colère, hélas,
Tu feras un puzzle de ta vie avec des "rien de mieux",
Tu craindras que tes proches soient tués à ta place.

Ceux qui viennent sont déjà punis, crois-moi,
Leurs âmes sont vides, la peur ne les aidera point.
Imagine qu'une bête enragée est chez toi,
Et que le bonheur et la paix ne sont pas loin.

Alors tu rentreras chez toi comme après la vendange,
Tu guériras de tes tourments et te croiras au paradis.
Et quand tu lèveras tes yeux au ciel pour la louange,
Tu diras pour la moindre chose "merci" et non pas "donne aujourd'hui". »

Irpine, oblast de Kyïv
24 avril 2022, 22 h 21
Traduit par Volodymyr Kyrpyta, relu et corrigé par Tetiana Katchanovska, Veronica Halytchyna, Benjamin Bruneau, Claude Hecham

Iryna ZELENENKA
43 ans, Vinnytsia.
Professeure. / J'enseigne, je fais du bénévolat.
La poésie te rend sobre.
Le mal détruit de l'intérieur.

* * *

LE CHRIST EN QUI JE CROIS PORTE DES BOTTES MILITAIRES

Le Christ en qui je crois est ressuscité, il met ses bottes militaires,
verse de l'eau dans une gourde, prend l'icône de Marie qui protège
celui qui affronte la mort.
Les munitions, un harnais et une cartouchière…
Il fouille ses poches, à la recherche du bon endroit
pour ses chargeurs et ses grenades.
Il se caresse la barbe, l'apaise, et renonce
aux coudières, au gilet pare-balles :
il se débrouille sans, depuis 2014.
Il donne tout cela à une nouvelle recrue
et la remercie pour le chocolat artisanal,
partage avec ses frères d'armes un gâteau de Pâques
et des pneus apportés par des volontaires,
des hémostatiques et des tourniquets.
Une sucette contre la toux dans la bouche,
il creuse, fredonne, ajuste le tir,
enlève la boue de ses genoux, puis fait son rapport au commandant.
Après avoir connecté son iPhone à Starlink, il m'écrit :
— Pitchoune, on est parvenus à sortir de Marioupol.
Et il m'envoie une photo de tous les gars, vivants, et
avec des œufs de Pâques.
Je la regarde et je la sauvegarde. Je lui écris

que nous avons de nouveau accumulé dans l'arrière-pays des dizaines de palettes
à envoyer au front et je lui demande les coordonnées des destinataires…
J'entends une voix malade qui me répond :
— Compris !
En réponse, j'envoie ma photo en chemise brodée
avec un gâteau de Pâques au fromage blanc, à la guimauve et aux fruits, sans levure,
fait pour ma mère qui est malade…
J'entends des sirènes, j'ai l'habitude et je ne me cache pas. Ce sont de nouveau des missiles qui volent…
Le Christ en qui je crois est ressuscité, il met ses bottes militaires,
verse de l'eau dans une gourde, prend l'icône de Marie qui protège celui qui affronte la mort.

Vinnytsia
24 avril 2022, 22 h 57
Traduit par Yana Boyenko, relu et corrigé par Marie-France Clerc

Halyna KROUK
48 ans, Lviv.
Poétesse, critique littéraire, traductrice. / Je fais du bénévolat.
Laisse-moi me réveiller le matin dans un autre rêve !

* * *

chaque jour de guerre
mon sac de survie
s'allégeait un peu plus.
d'abord, j'en ai sorti la nourriture,
n'y gardant que de l'eau
et une barre énergétique.
juste assez pour pouvoir survivre
avant d'arriver en un lieu sûr.
puis c'était le tour des vêtements :
adieu aux sous-vêtements,
adieu à ceux de rechange.
je n'ai fait exception que pour une paire de chaussettes,
ma veste la plus chaude,
mes chaussures les plus robustes,
que des habits pour tout faire :
courir, tomber,
s'étendre à même la terre dans la poussière,
sur le sol glacé de la cave,
au cas où, on ne sait jamais,
j'ai remplacé le couteau par celui qui est plus grand,
j'ai sorti la hache,
en la posant sur le sol à côté du lit,
elle pourrait servir pour me défendre, à garder donc à portée de main.
j'ai remplacé un livre par un carnet,
car je n'ai plus de place dans ma tête
si ce n'est pour mes pensées.
du papier multi-usage,

mes documents, je les y ai mis, les en ai sortis,
puis je les ai glissés dans une poche secrète,
étant en moi-même la preuve de mon existence :
étant en moi-même mon diplôme,
étant en moi-même mon attestation de vie amoureuse
étant en moi-même mon titre de propriété de ma maison
rares sont ceux qui ont le temps de préparer
leur sac de survie,
tous n'ont pas le temps de l'emporter avec eux
et même les clés
se sont révélées inutiles.

Lviv
27 avril 2022, 00 h 00
Traduit par Christine Eliyachevski

Oleksiy KOKHANOV
34 ans, Odessa.
Réalisateur vidéo.
La poésie inspire, donne de l'espoir, exprime des sentiments.
L'Ukraine, ce sont les gens.

* * *

Sur le front de l'Est la fumée se propage,
Ensevelit le bruit des canons.
Tout le vivant sous le blindage
Est imbibé d'un silence moribond.

Le prix de la guerre est la cruauté,
Le brasier dévorant des branches vertes ;
Mais il laisse partir son chant pour l'éternité,
Illia Tchernilevsky, ardent poète[47] !

Pourquoi son âme s'envole-t-elle de terre
En se dépêchant par la route de Dieu ?
Or, l'exploit du poète de guerre
Nous fait poursuivre le chemin victorieux.

Quelqu'un se coince dans la tranchée,
Où vont fleurir à jamais les pavots.
La douleur froide ne peut être séchée :
Sur le front de l'Est, rien de nouveau.

Odessa
15 mai 2022, 12 h 54
Traduit par Pavlo Matioucha, relu et corrigé par Tetiana Katchanovska, Benjamin Bruneau, Marie-France Clerc

---

[47] Aujourd'hui, cela fait neuf jours qu'Illia Tchernilevsky est tombé au combat sur le front de l'Est.

III.
CONTRAINTS DE PARTIR
DE CHEZ NOUS
MAIS DÉSIREUX DE REVENIR

Змушені, але прагнемо повернутися

Hryhoriï FALKOVYTCH
82 ans, Kyïv.
Écrivain. / Je travaille maintenant dans des conditions différentes.
La poésie rétablit l'équilibre entre le bien et le mal.

* * *

POURIM, ESTHER, KOLOMYYA[48]...

(Nouvelle édition, au 21e jour de la guerre)

Le mois d'Adar plein de joie,
Débarque enfin chez moi.
Et chez les Perses, c'est la folie,
Le mois de mars est enchaîné.
Le monde entier est renversé.
C'est Pourim aujourd'hui.
C'est l'envers, on le voit.
Mais pas comme il se doit.
Ma vie commence par la fin,
Je rajeunis – de la mort je reviens.
Belle Esther, peux-tu m'aider ?
Invoque pour moi le Dieu caché
Je lui dirai quelques mots, quelques rageuses phrases !
Entends-tu cet oiseau chanter en paraphrase –
En fond de guerre, triste accompagnement !
Même sans nous, le bien se produira vraiment.
Mais alors qu'est-ce que nous y pouvons ?

---

[48] Pourim a débuté au soir du 16 mars 2022 et duré toute la journée du lendemain. Cette fête, célébrée chaque année le 14e jour du mois hébraïque d'Adar (fin de l'hiver/début du printemps), rappelle au peuple juif qu'il doit toujours être fier de son identité. En ce sens, Pourim est un bon symbole pour l'Ukraine qui, fière de son identité, résiste au tyran qui veut l'exterminer. Il est de tradition de se déguiser à Pourim, cela reflète la façon dont Dieu a opéré un miracle au cours d'une fête royale (Note du J.-P. Tabet).

Anxiété et silence. Vérité, illusion.
Semblable à Haman, cette 21e journée
Ôte son masque, mais dessous elle est fardée…
Tout est comme ce jour. C'est Pourim en effet.
Esther, vêtue comme un soldat, se tait.
Adar et mars chez moi ont débarqué.

Kyïv – Kolomyya, oblast d'Ivano-Frankivsk
17 mars 2022, 10 h 58
Traduit par Christine Eliyachevski, relu et transcréé par Jean-Philippe Tabet

Victoria FECHTCHOUK

26 ans, Kyïv.

Responsable médias. / J'ai réussi à quitter la zone de combat.

Je me spécialise dans la promotion des auteurs ukrainiens pour les lecteurs anglophones.

La poésie consolide, renforce l'empathie et développe notre humanité.

#CloseTheSkyOverUkraine.

* * *

Jour 1
attraper le chat à temps
m'accrocher au fil d'actualité
pendant tout le trajet aller

Jour 2
après l'alerte aérienne
des gars craignent une nouvelle invasion
et des filles se taisent.

Jour 3
après le couvre-feu
des entretoises ont disparu
la guerre n'a pas un visage de femme.

Jour 4
entre deux sirènes
on a le temps de laver le sol :
soit il sera recouvert de débris, soit il séchera.

Jour 5
dorénavant j'évite de passer trop de temps à savonner ma tête
de peur de rester nue et savonnée
lors d'une attaque aérienne

Jour 6
aucune trace de la peur dans la voix de maman
ne pas avoir montré la mienne
s'appeler trois fois par jour

Jour 7
dormir en survêtement
dormir en toutes circonstances
dormir

Jour 8
les nouvelles sur le viol des filles
de Kherson ne se sont pas avérées
on promet de nouveaux pourparlers

Jour 9
une copine de Kharkiv dit que
le regret de ne pas savoir comment sauver
son voisin devient bien ordinaire

Jour 10
une amie observe
stupéfaite le fusil de la garde locale
et Kyïv est devenu inaccessible

Jour 11
une autre amie, presque ma sœur,
ne donne pas de ses nouvelles depuis plus d'une semaine
notre colère déborde

Jour 12
une amie dit : il est difficile de prononcer la phrase :
« quand tout finira » car la guerre dure toujours
et les pauses pour le sommeil sont incertaines.

Loutsk
7 mars 2022, 21 h 30
Traduit par Bohdan Finiak

Bohdan-Oleh HOROBTCHOUK
35 ans. Kyïv.
Artiste, communicateur. / Il a dû quitter sa maison à cause de la guerre et ensuite a commencé à travailler avec d'autres personnes évacuées.

* * *

le monde tourne autour des mains liées
comment pardonner sa blancheur à la neige
qui l'a prise du tissu noué sur les poignets

le temps est solide et entier
cuit comme une pâte
coupe-le – et il saignera

le silence est la chanson des torturés
qu'il est impossible de discerner

le monde tourne comme un disque rayé
avec des tranchées circulaires remplies de corps
et des trous d'obus sur lesquels trébuche l'aiguille de l'attention

les restes calcinés de la poésie
attendent l'enterrement

la corneille
mère noircie
se plie à force de crier

Lviv
3 avril 2022, 08 h 00
Traduit par Ella Yevtouchenko, édité par Marie-France Clerc

Lioudmyla HOROVA
46 ans, Kyïv.
Autrice de littérature de jeunesse. Boursière du PEN Club Ukraine. / J'ai réussi à quitter la zone de combat.
La poésie sert de psychothérapie : elle aide à évacuer l'excès de sentiments destructeurs.
Il y a tellement d'amour dans ce monde brisé.

* * *

Je sème dans tes yeux[49],
Je sème contre la nuit.
Il en sera ainsi,
Comme la Sorcière le dit.
Autant de graines sont tombées
Dans le sol sacré,
Autant de fois, mon ennemi,
Tu seras tué.
Autant de fois le coq
Chante dans la nuit,
Autant de jours
Te resteront : tant pis.
À Dieu de régler le sort.
À l'ennemi de choisir sa mort.
Il en sera ainsi, mon ennemi,
Comme la Sorcière le dit.
Autant de pas tu feras
À travers notre Patrie,
Autant de tiens
Descendront au tombeau.
Il aura suffi

[49] Cette incantation d'une sorcière (le mot « *vidma* » est dérivé du verbe ukrainien « *vidaty* » (connaître, savoir) a donné lieu à de nombreuses interprétations musicales.

Du maléfice sombre,
Il en sera ainsi
Comme la Sorcière le dit.
Une pyssanka[50] sera décorée
Et le berceau, bercé.
Ta mère, mon ennemie,
De ses enfants sera privée,
Et ton père, mon ennemi,
Avec la mort je l'apaiserai.
Ta femme, mon ennemie,
Je l'épuiserai de mon mépris.
À Dieu de régler le sort.
À l'ennemi de choisir sa mort.
Il en sera ainsi, mon ennemi,
Comme la Sorcière le dit.
Dès que je ferai passer la peine
À travers un fin tamis,
Tu imploreras Dieu
De t'accepter en enfer.
Mais ta chute, mon ennemi,
Sera dure et bien pénible.
Et ta mort, mon ennemi,
Sera tout sauf paisible.
Ma parole est tenace,
Ma parole est coriace,
Il en sera ainsi, mon ennemi,
Comme la mère le dit,
Il en sera ainsi, mon ennemi,
Comme la femme le dit,

[50] Une pyssanka (au pluriel, des pyssanky), un œuf décoré pour Pâques, symbolise l'éveil spirituel au début de l'année, autrefois associé au printemps. L'art de l'œuf décoré remonte à l'ancienne culture païenne sur le territoire de l'actuelle Ukraine. Le christianisme a adapté cette tradition et, de nos jours, les œufs de Pâques sont associés à la résurrection, constituant un attribut indispensable de Pâques chez les Ukrainiens.

Il en sera ainsi, mon ennemi,
Comme la jeune fille le dit,
Il en sera ainsi, mon ennemi,
Comme l'enfant le dit,
Il en sera ainsi, mon ennemi,
Comme.
La Sorcière.
Le dit.

Swindon, Grande-Bretagne
22 avril 2022, 00 h 55
Traduit par Bohdan Finiak, relu et corrigé par Maxime Deschanet, Jean-Philippe Tabet, Marie-France Clerc

Lioutsyna KHVOROST
39 ans, Kharkiv.
Traductrice, chanteuse. / Je suis partie en Pologne et je me suis fait embaucher là-bas.
La poésie aide à comprendre ce qui est trop effrayant à comprendre…
Tant qu'il y a des poèmes et des chansons, le peuple est vivant.

* * *

Combien de chansons je connaissais avant !
Maintenant, je ne chante pas, ce n'est pas le moment.
Le grand malheur, on l'a échappé belle,
a rattrapé ma sœur et mon frère dans un élan mortel.

On peint des œufs de Pâques en Pologne,
on voit les nids construits par les cigognes,
on trouve les violettes, ces jolies fleurs.
Ici, on n'est que de passage, on est voyageurs.

On cherche la sécurité sur un rivage sûr.
On a été jetés ici par une force sans mesure.
Derrière nous, on fait sonner le glas.
Derrière nous, il y a notre ennemi – est-il humain ?! –

enivré par ses crimes sauvages et ces monceaux de corps.
Ma sœur violée, mon frère tué, ma mamie folle de chagrin amer…
Mais deux couleurs brillent mille fois plus fort :
celle du soleil et celle de la mer.

Ville de Otrębusy, près de Varsovie, Pologne
16 avril 2022, 12 h 53
Traduit par Veronica Halytchyna, relu et corrigé par Jérôme Constantin, Inha Yatsenko

Pavlo KOROBTCHOUK
37 ans, Kyïv.
Journaliste.
La poésie encourage à déverser les émotions accumulées.
Que tout le monde soit en paix, sauf les RuZZes !

* * *

lorsqu'il fera chaud et que le printemps viendra
je voudrais t'offrir des jonquilles
mais d'abord je laisserai notre DCA[51]
détruire tous les missiles hostiles

je voudrais venir te chercher à la gare
le soir me baigner avec toi dans un fleuve
mais moi, je dois joindre la défense territoriale
et toi – te sauver : on fait face à l'épreuve.

Lorsque l'été et le silence viendront
je voudrais te caresser au lever du jour
mais d'abord je laisserai ces Orques odieux
brûler dans leurs chars fichus

personne n'oubliera la vie qui suit
personne n'oubliera ses peines
et tandis qu'on attend la sortie de l'abri
on s'embrasse au son des sirènes.

Lviv
6 mars 2022, 13 h 46
Traduit par Veronica Halytchyna, relu et corrigé par Inha Yatsenko, Jérôme Constantin

---

[51] L'abréviation DCA signifie ici « défense contre avion ». Cette défense concerne l'ensemble des moyens militaires mis en action pour assurer une protection efficace contre les attaques aériennes ennemies.

Oleh KOTSAREV
41 ans, Boutcha, oblast de Kyïv.
Homme de lettres, journaliste. / Je fais du bénévolat.
La poésie fixe les événements et l'esprit de l'époque. Elle aide les personnes au bord de la rupture à s'écouter elles-mêmes et leur époque, elle réconforte ou inspire. Je voudrais présenter ma vision de la mosaïque figurative du monde.

* * *

UNE ALERTE AÉRIENNE SÉCHÉE

1
Ma fille de 5 ans et moi, nous dévalons les escaliers
Depuis le quatrième étage
Et ça me fait rire pour un moment :
Nos pieds sont suspendus en l'air,
Nous nous touchons seulement comme en apesanteur :
Des astronautes,
Des astronautes.

2
On commence
À sécher les alertes aériennes
comme des lycéens.

3
Qui se déplace
Dans un immeuble sombre
En face de ton immeuble,
Sombre
Immeuble
Qui a vu onduler
Tes cheveux sombres ?

4
Ce que contient mon sac :
En fuyant les attaques,
J'ai pris sans savoir pourquoi
Mon recueil de poèmes
Ce que contient une poche de mec.

5
Un réfugié triche
Il a huit mots
De différents
Dialectes
Dans sa manche.

Ukraine
8 mars 2022, 15 h 02
Traduit par Anna Yemelianova, relu et corrigé par Halyna Dranenko, Jean-Philippe Tabet

Ksana KOVALENKO
42 ans, Mykolaïv.
Professeure d'anglais.
La poésie sert à articuler, c'est-à-dire à rendre compte des significations et à les préserver.
Je voudrais transmettre mon espoir et ma langue, je voudrais réfléchir à mes traumatismes et trouver un moyen de les guérir.

* * *

LES MURS PROTECTEURS

Cette armoire-là,
Cette porte-ci,
Cette porcelaine,
Ces assiettes de collection,
Ces miroirs,
Ce carrelage,
Ces cruches en argile,
Ces bocaux de cornichons,
Ces fioles de parfum,
Ils changeront tous de camp
Et viseront tes yeux,
Ton cou,
Ton ventre.
Tous tes objets peuvent devenir fous
À tout moment
Ne tarde pas, ensevelis-les dans le passé.
Seuls les murs,
Deux murs seulement,
Ils te protègent
Comme les ailes d'un ange.

Varsovie, Pologne
15 mars 2022, 08 h 57
Traduit par Vladyslav Kouznetsov, relu et corrigé par Olena Kharytonova, Tetiana Katchanovska, Marie-France Clerc

Mariya KOZYRENKO
35 ans, oblast de Kharkiv.
Écrivaine, artiste. / J'ai réussi à quitter la zone de combat. Je m'engage dans l'art et j'aide les FAU.
La poésie donne un sentiment d'implication.
Tout est possible.

* * *

ma maison
présente et inexistante
en même temps
inspiration – elle est
expiration – elle n'est plus
ma ville
présente et inexistante
derrière cet angle de rue
le vide
mais je ferme les yeux
et je vois chaque petit caillou bien à sa place
ma famille
présente et inexistante
nous parlons tous les jours
mais nous ne faisons jamais nos adieux
même si nous connaissons le prix des jours
et des nuits, surtout
des nuits
des miettes de pain
de l'eau dans un puits
du lit chaud
dans lequel on se couche sans se déshabiller
avec nos chiens gentils et fidèles
nos chats placides
avec nos enfants

qui dorment tandis que la mort blanche survole la maison
dans une épave bruyante
cogne un jeune cerisier,
qui fleurira pour la deuxième fois ce printemps,
et tombe, inanimée

Kharkiv – Clermont-Ferrand, France
17 mars 2022, 11 h 53
Traduit par Lida Zinko, relu et corrigé par Mathieu Savelli

Oleksandra KYRYTCHENKO
34 ans, Bohouslav, région de Kyïv.
Poétesse, écrivaine. / J'ai réussi à quitter la zone de combat.
La poésie reflète la réalité.
C'est la lumière qui défend la vérité.

* * *

La nuit est désormais bruyante, agitée, mortelle
il y a des éclats de lumière dans les caves ; dans les yeux, de l'espoir
des mains fatiguées tissent des pièges pour l'ennemi ;
infligeons-leur une bonne raclée qui ne saurait tarder !

Dans les champs, les tracteurs bourdonnent : la récolte aura lieu !
Tandis que la racaille raciste[52] pille des villages,
la petite Olia ne trouve pas le sommeil sans sa poupée Ruta.
Chez pépé Stepan, un trou béant a remplacé le plafond ;

maman ne part pas de Soumy, elle n'abandonnera pas ma mémé ;
ma maison, ma terre sont ici, ici sont tous mes biens !
Dormir à présent dans une station souterraine
et me lamenter en silence, aussi fort que les sirènes !

Capter Internet, écrire comment vas-tu
au quatorzième jour : seigneur, prends pitié de nous
le train emmène les enfants de l'enfer vers l'ouest
mais ma sœur Lessia n'a pas eu le temps de quitter Hostomel.

Les femmes enfantent sous les tirs.
chaque nouveau-né crie d'une seule voix
le vent printanier disperse les nuages ennemis
nous les vengerons tous !

---

[52] voir dictionnaire en fin d'ouvrage

Vysoké Mýto, région de Pardubice, République tchèque
11 mars 2022, 22 h 02
Traduit par Justine Donche-Horetska

Anna MALIHON
Kyïv.
Écrivaine.
La poésie a un rôle thérapeutique.
Montrez-vous demain plus bienveillants qu'aujourd'hui.

* * *

Ne sors pas chercher de l'eau
Lèche les gouttes sur les murs de ton sous-sol
Tu deviens légère presque comme un colibri
Or un colibri boit jusqu'à cent fois par jour

Toute l'humidité du monde est dans les yeux des survivants
Ils s'imaginent les mains liées, gisant au bord de routes comme des signes de ponctuation sans texte

Les sales intrus appelleront ces pinèdes Hollywood
Et laveront leurs drapeaux dans des machines à laver
volées de nos maisons
Ils mettront des mensonges pourris dans les becs ouverts de leurs bâtards
Et de tendres peluches sont imbibées de sang
Et des voix montent du sous-sol

Ne sors pas chercher de l'eau
Dessèche-toi jusqu'au point critique

« J'ai vu le cœur d'une petite fille battre à travers un trou dans son corps »
« Dis-le devant la caméra »
Mais le médecin ne peut plus rien dire.
Et si les pins pouvaient parler ?

On avait acheté un costume d'été pour notre fille
Prenez-le

Quelqu'un en aura peut-être besoin…
Et la bénévole le prend dans ses bras, comme si elle étreignait un être vivant.

Tu es la dernière dans cet abri
La dernière sur cette terre
Tu sortiras et il n'y aura personne
D'ailleurs tu n'as plus soif
Et la terre printanière tel un bébé suce sereinement
le lait amer
des coccinelles fusillées

Paris, France
8 avril 2022
Traduit par Ella Yevtouchenko, relu et corrigé par Marie-France Clerc

Nataliya PIEKH (VOÏTIOUK)
30 ans, Ternopil.
Traductrice. / J'ai réussi à quitter la zone de combat. La guerre a suspendu la publication de mon premier recueil de poèmes.
La poésie est la voix de notre identité.
Je voudrais laisser mon cœur parler.

* * *

SOUS LE CIEL POLONAIS

Sous le ciel polonais, dans un village près de Rzeszów
J'ai senti que mon cœur s'était multiplié

À la maison, l'un de ces cœurs s'est blotti contre mon bien-aimé
Un autre s'est écrasé en traversant la frontière

Un autre a tout fait pour sauver son enfant
Et un autre encore a crié pour l'Ukraine déchirée

L'un de ces cœurs tisse des filets avec la voisine Lessya
Un autre cherche des bus pour les réfugiés d'Odessa

Un autre encore apaise les terreurs nocturnes du bébé
Et celui-là ne peut pas tout supporter

Chacun d'eux souffre avec sa propre douleur indescriptible
Parfois, il semble que cette horreur ne finira jamais

Parfois les espoirs s'effondrent à terre
Et pour supporter cela, il faudrait avoir dix cœurs.

Terlitchka, powiat de Riachiv, voïvodie des Basses-Carpates, Pologne
6 mars 2022, 22 h 15
Traduit par Halyna Krassa, relu et corrigé par Marie-Paule Raoul

Maryna PROVOTOROVA
42 ans, Sievierodonetsk, oblast de Louhansk.
Responsable de l'ONG. / J'ai réussi à quitter la zone de combat, j'organise des ateliers gratuits pour les enfants déplacés.
La poésie guérit, soutient, inspire.
Entendre les Ukrainiens, c'est sauver le MONDE !

* * *

Je veux rentrer chez moi
Pour simplement laver les draps
Et nettoyer les vitres
Pour faire venir le printemps…
Je veux rentrer chez moi…
Pour, le matin, très tôt,
Pétrir la pâte
Et mettre le pain au four…

Je veux rentrer chez moi…
Pour y arroser les fleurs,
M'asseoir une minute
Et boire un peu de thé…
Je veux rentrer chez moi,
Où les enfants jouaient,
Où les portraits de famille pendaient,
Et l'amour abondait…

Je veux rentrer chez moi…
Croiser là mes voisins
Et leur dire en riant :
« Il me manque un peu de sel »
Je veux rentrer chez moi,
Mais je suis si loin…

Et ma maison est là-bas
Habitée de souffrance et de chagrin…

Je veux rentrer chez moi…

Sievierodonetsk, oblast de Louhansk – Tchernivtsi
9 avril 2022, 21 h 05
Traduit par Inna Taliants, relu et corrigé par Veronica Halytchyna, Benjamin Bruneau

Daryna ROMANOVSKA
24 ans, Volnovakha, oblast de Donetsk.
Bibliothécaire. / J'ai réussi à quitter la zone de combat.
La poésie est la beauté et la vérité.
Ma maison a été détruite ! Je vais en construire une autre.

* * *

AUX ANGES GARDIENS TUÉS AU COMBAT

Enveloppés d'une étole de plumes,
Des cygnes indomptés, blanches étoiles,
Survolant les champs et le bitume,
Ont disparu dans l'horizon sans voile.

Vol sans retour. Car le chemin s'embrume
Pour les cygnes ; pour nous, il est normal.
Quelques détours, et un feu les consume,
Ils sont là-haut, loin du monde infernal.

Reposez-vous et qu'une paix posthume
Vous soit donnée après ce feu fatal.
Protégés par vos mains, nous survécûmes,
Quand vous tombiez pour le sol ancestral.

Demeurez, chers cygnes, sans amertume,
Priez pour nous dans ce monde idéal
Aux jardins que les cerisiers parfument.
Planez bien haut, loin des suppôts du Mal !

České Budějovice, Tchéquie
26 mars 2022, 15 h 22
Traduit par Inna Boura, relu et corrigé par Karolina Martchenko, Dariya Kyssil, Jean-Philippe Tabet

Kristina SACHTCHOUK
29 ans, Kharkiv.
Mère, une femme qui écrit… / Évacuée.
La poésie se fait connaître.
Nous sommes ukrainiens, nous le sommes ! Et nous le serons à jamais !

* * *

JE SENS

Je sens le goût de la guerre,
Je la sens au toucher…
Cris de mort ! écoutez
Le cosaque contre l'enfer !

Je n'étreins que mon enfant.
Je ne tiens pas d'épée,
Démon, pourquoi tirer ?
Ton épaule est tout en sang !

Tu peux tirer sur mon ombre
Et ruiner tous mes projets :
Nous vaincrons. Car nos enfants
Chériront la liberté !

Madrid, Espagne
8 mars 2022, 15 h 20
Traduit par Vladyslav Kouznetsov, édité par Olena Kharytonova

Elina SVENTSYTSKA
61 ans, Kyïv.
Critique littéraire, écrivaine. / J'ai réussi à quitter la zone de combat, j'écris de la poésie, j'enseigne.
La poésie est un souvenir douloureux qui doit perdurer.
La vie est quelque chose de compliqué. Il faut réfléchir sans cesse.

* * *

LES NUAGES AVANCENT

les nuages avancent comme des réfugiés, c'est le soleil noir de l'exil,
après l'expiration accroupie comme un spasme de poumons – comment aspirer,
au petit matin les autocars se sont étendus à la surface de la terre gelée
et ils hurlent comme des mammouths dans les autogares de nuit.

c'est le dernier autocar qui est au départ sur un chemin tortueux,
il emmène des femmes, des chats, des chiens, des enfants, et eux,
ils pleurent à mi-voix, dorment, murmurent des berceuses, soupirent,
traqués par les images des tentes et des barrières qui défilent.

nous aussi, nous partirons loin des soldats froids et vigoureux,
des décomptes des morts et des gardes-frontières fatigués et nerveux…
c'est ainsi que la mémoire noire nous parle, confuse, vibrante et amère,
et les ténèbres chantent comme un violon dans les quartiers déserts.

ça ira, nous irons bien, nous allons bien, mais non
ça ne va pas, nous n'irons plus jamais bien, même si
de bonnes personnes nous envelopperont dans des draps de compassion –
nous dormons, mais la vie est comme une paume de bébé, si petite.

priez sur le vent, car nos cœurs sont remplis de cailloux qui font mal,
dans une ville étrangère, comme des chiots, les urgences glapissent,
notre angoisse plane au-dessus d'une tombe béante
vers la patrie-espoir, la patrie-respiration, la patrie-vie.

Frontière entre l'Ukraine et la Pologne
20-23 mars 2022, 15 h 56
Traduit par Halyna Dranenko, relu et corrigé par R. M.

Marko TEREN
35 ans, Kharkiv – Tallinn, Estonie.
Écrivaine, traductrice, activiste publique et culturelle. / Je fais du bénévolat depuis 2014 (livraison d'équipement pour les militaires, médicaments pour les civils, diffusion de la langue et de la littérature ukrainiennes pour les enfants du monde).
L'Ukraine est le cœur battant du monde vivant.

* * *

Bonne et calme nuit, ma chérie, calme nuit.
Comme je veux t'embrasser et te protéger.
Chaque village, chaque rue, chaque famille.
Mon amour. Mon pays incroyable, l'Ukraine.

Comment aspirer, dis-moi, comment
Expirer pour que tu ailles mieux à chaque expiration ?
Le chant intérieur de mirliton, le chant guttural, le chant des trombitas[53].
Nous sommes seuls au monde…

Je veux que tu chantes, je veux que tu sèmes !
Je veux que tu rêves de la rosée d'avril !
Là-bas, le rossignol chante au petit matin comme toujours…
Mon amour, pendant que tu respires, nous n'avons pas peur !

Où trouver ces mots, qui sont plus acérés qu'une épée ?
Le ciel est tailladé, les rues sont lacérées, les Héros sont immortels…
Le regard d'enfant, la peur d'avions dans le ciel…
Mon amour, il faut essayer de survivre plus que jamais !

La grande roue diabolique roule, elle roule sur le monde.
C'est toi qui peux l'arrêter.

---

[53] Le trombita est un instrument de musique à vent en bois de la famille des cuivres, répandu dans les Carpates ukrainiennes.

Gloire aux Héros ! Aux chevaliers en cuirasses médicales.
À chaque passant pas indifférent.
Je voudrais t'embrasser chaudement, comme mon petit enfant.
Ne pas donner, ne pas lâcher, prier les anges pour toi.
J'aimerais t'embrasser chaudement, j'aimerais te protéger.
Nous serons capables de le faire, ma chère, on devrait pouvoir…

Tallinn, Estonie
16 mars 2022, 02 h 36
Traduit par Alla Kouchnir, relu et corrigé par Olena Kharytonova, Jean-Philippe Tabet

Veronica TOKAR
15 ans, Dnipro.
Musicienne, lycéenne. / Je travaille loin du front.
La poésie est un élément d'unité et de soutien mutuel.
Reconnaissez le génocide des Ukrainiens !
Livrez des éléments de DCA à la FAU !

* * *

ELLE

… comme un louveteau blotti dans sa tanière
Elle regardait le monde avec les yeux amers
Mais sur des parterres demi-morts, malgré ses peurs,
Pour sa maman et son petit frère elle cueillait des fleurs.

Elle
… tissait des filets par les mains d'un adolescent
Chantant et murmurant des vers aux gens.
Elle
… trouvait des forces pour caresser
Son nourrisson, tout en pleurs, le sein blessé.

… telle une colombe, une frontière traversée,
Elle ne dormait pas à une heure avancée
Soignant sa mère infirme et accablée,
Et s'appuyant parfois sur une épaule sœur pour soupirer.

… par la bouche d'une mamie
Elle disait de ferventes prières,
Elle enflammait de braves cœurs par des discours sincères
En rappelant les aïeux cosaques, leurs victoires d'antan
Et ravivant le courage de nos glorieux combattants.

Elle
… avançait entre les amas de débris le matin,
Se fracassait les jambes mais continuait son chemin
Pour tirer des décombres des enfants bloqués
Comme la belle saison libère le soleil de sa prison glacée.

Elle
… portait Javelin sur ses fortes épaules,
Fièrement « accueillait » tout envahisseur.
Et juste après qu'il avait décollé,
On voyait l'avion ennemi brûler.

Elle est abondante. Et d'une telle diversité !
Sensible, délicate, triste et redoutée,
La seule pour tous, à chacun la sienne,
Voilà pourquoi Elle est merveilleuse, l'Ukraine.

Rzeszów, Pologne
30 mars 2022, 13 h 54
Traduit par Bohdan Finiak, relu et corrigé par Tetiana Katchanovska, Claude Hecham

Macha VYCHEDSKA
27 ans, Bakhmout, oblast de Donetsk.
Artiste. / J'ai réussi à quitter la zone de combat.
La poésie sert de thérapie.
Je crée parce que je ne peux pas faire autrement.

* * *

le futur c'est ce qui existe
dans un monde équilibré
ceux qui
de l'enfer se sont libérés
n'ont
qu'un aujourd'hui
et ce qu'ils ont réussi
à emporter
avec eux
dans une valise de secours
cependant
dans la valise
y'a pas
de place
quoi qu'on fasse
il reste seulement
à se trouver
une nouvelle maison
une nouvelle vie
un nouveau nom
et tout ce qui était avant
l'enterrer sans regret
dans le cœur
si profondément
qu'il se perde

et qu'il ne fasse plus mal
le passé
est passé
et n'est plus.

Hambourg, Allemagne
30 avril 2022, 23 h 59
Traduit par Bohdan Finiak, relu et corrigé par Maxime Deschanet

Ella YEVTOUCHENKO
25 ans, Kyïv.
Traductrice, musicienne.
J'ai réussi à quitter la zone de combat, je traduis de la poésie (y compris pour cette anthologie) pour l'exporter dans le monde.
La poésie capture l'instant, préserve les impressions et les sentiments instantanés. Les Ukrainiens sont un peuple à part entière avec une histoire et une culture moderne puissante.

* * *

L'HEURE DU LOUP

1
de 3 heures du matin à 4 heures du matin
c'est l'heure du loup en Suède
quand il est trop tard pour s'endormir
mais trop tôt pour se lever
et on reste dans son lit en tendant l'oreille
à nos loups (intérieurs)
voilà ce qu'Ullmar m'a expliqué

de 8 heures du soir à 7 heures du matin
c'est le couvre-feu à Kyïv
de 8 heures du soir à 6 heures du matin
c'est le couvre-feu à Kherson
de 4 heures du soir à 6 heures du matin
c'est le couvre-feu à Kharkiv
quand il est trop tard pour mourir
mais trop tôt pour vivre
et on reste dans son lit en tendant l'oreille
est-ce que ce sont eux qui nous bombardent
ou les nôtres qui abattent leurs missiles
et personne ne peut expliquer tout ça

2

en trente-cinq ans dans la zone d'exclusion de Tchernobyl[54]
la population de loups s'est rétablie
et depuis peu on y a aperçu un ours
le plus dangereux parmi les grands carnassiers
il y est entré, venu par le territoire biélo$_{r}$usse
voilà comment Serhiï Hachtchak, explorateur de la faune de la zone d'exclusion, l'a expliqué

ce printemps on s'attend à de grands feux par ici
mais la nature est capable de se rétablir
a expliqué Monsieur Hachtchak
sur l'écran des caméras cachées on peut voir
que le feu sévit et les habitants locaux courent à l'ouest

mais dans un mois l'herbe verte y poussera
et de jeunes cerfs et élans y pâtureront
mais ce n'est pas encore le moment il fait froid encore
les loups se rassemblent en grandes meutes pour la chasse
la nuit à l'heure du loup
ils prendront des caméras thermiques
iront forts et hardis

---

[54] Tchernobyl est un toponyme mondialement connu à la suite de la plus grande catastrophe d'origine humaine qui ait eu lieu dans une centrale nucléaire, en 1986, à l'époque soviétique. Depuis lors, la zone de Tchernobyl est une zone d'exclusion, puisque, en raison du niveau élevé des radiations, aucune activité économique ne peut y avoir lieu et aucun être humain ne peut y vivre. Mais cette contamination extrêmement radioactive de la région n'a pas dissuadé les forces d'occupation de pénétrer l'Ukraine depuis le territoire du Bélarus, d'installer des équipements militaires, et de faire stationner des troupes autour de la centrale nucléaire, qui est à l'arrêt. Par ailleurs, l'occupation militaire par les troupes $_{r}$usses, d'une autre centrale nucléaire à Enerhodar, dans la région de Zaporijjia, inquiète un grand nombre de pays, limitrophes ou non, dans la mesure où elle pourrait remettre en cause les protocoles de sécurité et être, donc, à l'origine d'un autre accident nucléaire très grave. Le niveau de la menace a augmenté après la destruction délibérée du barrage de Kakhovka par les troupes $_{r}$usses en juin 2023, destruction qui a entraîné un véritable écocide dans tout le bassin du Dniepr et, par conséquent, dans la mer Noire.

et vous savez quoi
ensemble ils vont chasser l'ours
et ça, ce sera très facile à expliquer

Lviv
1er mars 2022, 3 h 03
Autotraduit par Ella Yevtouchenko, relu et corrigé par Clément Pérétjatko, Halyna Dranenko, Marie-France Clerc

IV.
NOTRE CŒUR BAT AUX CÔTÉS DE L'UKRAINE

Серцю, що б'ється у грудях, залишатися з Україною

Anna BAHRIANA
41 ans, Sofia, Bulgarie.
Écrivaine, traductrice, bénévole. / J'organise des activités éducatives pour les Ukrainiens qui ont réussi à quitter la zone de combat.
La poésie est un cri de l'âme, une transformation de la douleur, une prière, un sortilège, une arme.
C'est une lutte entre la Lumière et les Ténèbres, le Bien et le Mal. Les soldats ukrainiens défendent l'Ukraine et l'ensemble du monde civilisé. Nous devons vaincre !

* * *

Effrayé,
sournois,
le monde observe
comment
dans le ciel à découvert
est en train de naître,
libre et fier,
le Soleil ukrainien.

Sofia, Bulgarie
13 mars 2022, 13 h 27
Traduit par Dmytro Tchystiak, relu et corrigé par Marie-France Clerc

Yourii BONDARTCHOUK
32 ans, New York, États-Unis.
Poète.
Les racistes sont foutus.

* * *

DIMA

À ceux qui sont concernés,
À ceux qui s'en soucient !
Trouvez Dima, je vous en prie,
Et dites-lui ceci :

« Ta maman est décédée le 9.
Ensuite, la maison a brûlé.
Je n'ai pas pu la sauver.
Dima, j'en suis vraiment désolé.

Je veux aussi que tu saches :
Sa mort a été rapide.
Ta maman, je l'ai enterrée
Entre les arbres, près de l'école maternelle.

Afin que tu puisses trouver sa tombe,
Je t'enverrai plus tard une carte.
Dima, trouve en toi la force,
Dima, je t'aim… »

Jytomyr – Irpin – New York, États-Unis
24 mars 2022, 12 h 42
Traduit par Elie Chanine El-Khoury, édité par Veronica Halytchyna, corrigé par Justine Donche-Horetska

Tadeï KARABOVYTCH (Tadeusz KARABOWICZ)
63 ans, Lublin, Pologne.
Poète, traducteur, critique littéraire polonais et ukrainien.
La poésie est porteuse du code universel de la nation. Face à la menace de la disparition de celle-ci, la poésie constitue un foyer de résistance linguistique de chaque peuple.
L'Ukraine doit libérer tous ses territoires à l'intérieur des frontières de 1991.

* * *

PRIÈRE

Dévie la guerre de ta main droite
Comme pour éviter une tempête en mer
Qui secoue le navire

Couvre d'un voile invisible
Les ponts détruits et les fenêtres noircies
Comme tu couvrais les campagnes et les bravades des cosaques[55]

Sauve par le couvert de la nuit
Le courage et la bravoure
De l'abîme de l'esclavage

Irmos
Une main bénie empêchera la guerre comme
Elle a empêché la tempête sur la mer. Par la grâce de
La Foi, Il sauvera ceux qui marchent sur l'eau.
Pour que le courage et la bravoure s'élèvent au-dessus
De l'abîme de l'esclavage.

Lublin, Pologne
4 mars 2022, 03 h 33
Traduit par Inna Boura, relu et corrigé par Maxime Deschanet

---

[55] Les cosaques ukrainiens des XVe-XVIIe siècles et du début du XXe siècle relèvent d'un phénomène propre à la chevalerie européenne.

Ester LOURIÉ
25 ans, Odessa – Haïfa, Israël
Correctrice-relectrice. / J'ai décidé enfin de publier mes écrits, et c'est probablement ce qui importe le plus.
La poésie rend plus fort et inspire.
C'est le souffle d'un doux vent.

* * *

DE MOI, DE MA FAMILLE ET DE LA VILLE DE ROUBIJNÉ

Roubi (comme nos jeunes t'appelaient),
Tu sais que
Je t'ai toujours négligée,
Je disais à maman
Qu'il valait mieux nous retrouver à Kyïv
Ou à Kharkiv
Pour ne pas voir cette déprime
Pour ne pas avoir à marcher dans ces rues
Parce qu'une fois, maman, tu m'avais déjà privée
De mon Odessa…
Comment était cette petite ville que j'avais tant envie de quitter après la fin de mes études secondaires ?
De toute façon, pas si mauvaise
Pas si déprimante non plus.
Je confondais souvent
Mon désespoir
Avec tout ce qui m'entourait.
J'envoyais sans cesse des lettres et des dessins
À ma meilleure amie
Qui avait habité la rue voisine
(À Odessa, j'avais habité rue Yevreyska)
Au XXIe siècle, je l'ai cherchée
Sur les réseaux sociaux

(Mais je n'ai jamais réussi à la trouver)
Je connais bien mes racines
Jusqu'à mes arrière-arrière-grands-parents.
Allez sur Google
Tapez Borovenky
Cherchez Aïdar
Cherchez bien le Don et la région du Kouban
Mais aussi l'Ukraine slobodienne
Et les petites villes
Et Bakou
Et même Jigouli sur la Volga
Mais l'essentiel, c'est la force de la terre
Où l'on est né.
J'ai été élevée
Sur la terre ukrainienne.
Je suis ton enfant,
Ukraine.
En ce temps-là, Roubijné
Tu étais douce et calme,
Chaude en été,
Trop froide en hiver
Comme cela se doit dans la steppe.
Et c'était là, à la frontière
C'était là
Que j'ai senti l'Ukraine
Plus qu'à notre Porto Franco.
Mais actuellement, ils tuent pour un petit drapeau ukrainien à la maison,
Pour le port d'une chemise brodée.
Et ces histoires-là, on ne les trouve pas sur Internet
Ce sont les témoignages de ma mère et ceux de mes amis
Qui ont réussi à s'évader de la zone occupée
C'est la vérité qui pique les yeux des Russes
C'est la vérité qui les tue
Souvenez-vous, amis,

Souvenez-vous, Ukrainiens :
Même si nous parlons leur langue
Et que nos noms de famille se terminent avec un -a
Nous sommes « khakhly » pour eux.
En mai, dans la banlieue de Kyïv, se trouvant déjà en sécurité,
Maman se souvenait
D'un homme qui avait accouru vers un char russe
Qui, en se déplaçant le long de la rue
(Avec des soldats ivres à bord),
Tirait sans distinction aucune sur les maisons
Des habitants qu'ils étaient venus « libérer ».
Il leur a crié : « Que faites-vous, salauds ?
Il n'y a plus d'armée ukrainienne ici, nous sommes des civils pacifiques ! »
Il a reçu une décharge de mitrailleuse en guise de réponse…
Dans un immeuble d'à côté, une compagnie de soldats russes
A violé une jeune fille de 15 ans
Pour avoir eu le courage de porter des rubans jaunes et bleus au milieu des occupants
La maison de ma mère et de ma tante n'existe plus
Il n'y a plus
De photos de famille
D'un mariage heureux à Borovenky en 1918
Ni celles de Bakou dans les années 1930 et 1940
Ni celles d'Odessa
De Roubijné
De Kyïv
De Kharkiv
De Dnipro
Ni de toutes les villes où mes parents ont vécu ou étudié.
Il ne reste plus aucune des médailles que mon grand-père avait reçues
Pour son courage pendant la défense de cette même terre
Il ne reste plus de lettres de mon amie
Reçues dans les années 1990
Pas de traces de la correspondance que ma famille avait eue pendant

tout le XXe siècle
Pas de jouets de mon enfance
Pas de livres ni de magazines de mon enfance
Mon enfance a disparu
De partout sauf de sa place dans mon cœur
Tout a été détruit par un Grad
Il n'y a plus l'école où j'ai terminé mes études
Ni les maisons de mes amis
Ni l'usine d'emballage carton
Et pas même le monument au soldat inconnu
Ce qui démontre, une fois de plus,
Que l'essentiel pour eux c'est de détruire, de tuer, de déporter, d'assimiler dans l'espace de leur royaume mort
Où j'ai failli mourir.
C'est-à-dire la vraie moi
Mes racines
Mon âme
Mais ça suffit de pleurnicher
Voyons, je suis un cosaque
Dans une large mesure
Et ceux-là ne sont qu'un tas de simulacres
De cosaques du Don et du Kouban
En réalité la cosaquerie du Don et du Kouban, elle n'existe plus
Depuis longtemps
Ils n'ont pas ce que toute personne devrait avoir :
Du respect pour soi-même, et Dieu dans son âme.
Ils l'ont remplacé, en toute conscience et avec plaisir,
Par le pôle opposé
Comme en témoigne
Leur « temple »
avec la mâchoire d'Hitler
C'est terrible de vivre à l'époque
Où les ténèbres n'ont pas honte de s'appeler la lumière (comme dans le Livre d'Isaïe)
Et que tant de gens y croient, comme sous l'emprise d'un charme.

Ou bien ils n'y croient pas, mais ils ont peur, ils tremblent de peur
Et il n'y a que quelques-uns qui agissent.
Pendant ce temps, les occupants marchent sur notre terre
Ils volent nos biens, notre pain, notre culture.
Du matin au soir, ça me fait mal
Du matin au soir
J'ai très mal
Mais dans cette souffrance
Je me rendrai plus forte
Pour toujours.

Traduit par Iryna Uraieva

Nazar NEZNANY
43 ans, Fribourg, Suisse.
Prêtre.
La poésie aide à comprendre et à transcoder.
Je voudrais raconter ma douleur enrobée de vêtements de poésie.

* * *

NE REGARDE PAS !

— Ne regarde pas, dit l'enfant, tu pourrais être terrifié.
C'est la raison pour laquelle j'ai détourné les yeux,
Du moins c'est ce qu'elle croyait.
Elle ne voulait pas que je voie
Ce qu'on lui faisait ; elle voulait que je la laisse mourir
En pensant que je ne voyais rien de tout cela.
La mort lui était ainsi plus douce.
— Maintenant tu peux, dit l'enfant
En me prenant de nouveau par la main.
— Désormais, tu ne me lâcheras plus la main ?
Me demanda-t-elle en me regardant dans les yeux.
— Jamais, lui répondis-je
En la conduisant de Boutcha
Vers l'au-delà.
Je n'ai pas précisé si cela signifiait
« Je ne la lâcherai jamais »
Ou bien
« Je ne l'ai en réalité jamais lâchée ».
De toute manière, elle n'y aurait pas cru.
Moi-même, j'ai de la peine à y croire,
Je n'y arrive pas,
Bien que je sois Dieu.

Fribourg, Suisse
5 avril 2022, 00 h 30
Traduit par Justine Donche-Horetska, relu par Marie-France Clerc

Hanna PLETNIOVA (Ganna PLETNYOVA)
39 ans, Kharkiv – Calgary, Canada.
Spécialiste en technologies d'apprentissage, linguiste, traductrice. /
La guerre a séparé ma famille sur deux continents.
La poésie trouve des mots qui guérissent les blessures.

* * *

LANGAGE DE LA GUERRE

Le don de la parole nous a quittés, hélas !
Langage humain, à quoi as-tu cédé ta place ?

Ce qu'on a vu est impossible à exprimer et à croire.
Cela est caché au fond du désespoir,
Enseveli dans les entrailles de nos cœurs.
Des poèmes défigurés par la peur.

Langage humain, qui t'a tant maudit ?
Te voilà maintenant anéanti,
Écrasé par les lourds chars
des $_{R}$usses revanchards,
banalisé par les slogans,
préconçu par la propagande,
bombardé par les canons,
galvaudé (ou enrichi ?) par les jurons,
grêlé par les roquettes Grad
(on nous les montrait aux parades),
Grêle de damnations, d'échecs, de malheurs.
Un langage ? – Que des cris et des pleurs.

Des mots brûlés, abattus,
Lors de fuite, par accident, perdus,
Morts-vivants à la va-vite enterrés,
Troqués, vendus, volés.

Deux mots effacés du bandeau
Figés dans les yeux derrière les barreaux
Sur la place Rouge de sang
Trempée comme une éponge,
Encombrée du corps d'un ancien puissant[56]
D'un pays poussé par les mensonges.
Deux mots étouffés « *No war* ».

Et, comme un avion, la question chasse à nouveau.
Au commencement, dit-on, était la Parole, les mots…

Mais la parole reviendra-t-elle, à la fin ?
De l'enfer de la guerre
Semble parvenir
Comme l'écho d'un pressentiment…
Non, à la fin il y aura une rivière.
Des courants d'espoir et de force,
Le retour de la Sitch[57] zaporogue ukrainienne
Un flux de changements qui s'amorce
Broiera la pierre des murs du $_{K}$remlin,
Lavera les voies, les blessures et les pentes,
Éteindra la nuit brûlante
Et dans nos âmes les incendies de désarroi.
Un fleuve où l'on ne se baigne pas deux fois.

Calgary, Canada
24 mars 2022, 20 h 14
Autotraduit par Hanna Pletniova, relu et corrigé par Enzo Le Doze

---

[56] Le mausolée est l'un des symboles idéologiques de la $_{R}$ussie, qui montre à quel point cet État est né et dépend du totalitarisme, et comment il cultive un rite quasi nécrophile, pourrait-on dire ; en effet, c'est à cet endroit (sur la place Rouge, au sein même du $_{K}$remlin) qu'est exposée la momie de Lénine, l'un des créateurs de l'URSS et de la Tchéka, et l'initiateur de l'Holodomor dans les années 1920.
[57] À l'époque monarchique, il était extrêmement difficile pour la liberté cosaque de créer un État stable, mais la création de la Sitch zaporogue, en tant que lieu de solidarité fraternelle entre les guerriers, a permis de défendre l'identité nationale d'un peuple à une époque où le colonialisme anéantissait l'existence des nations les unes après les autres.

Lida ZINKO
27 ans, Lyon, France.
Poétesse, auteure du blog « Cœur d'artichaut : le monde selon les Français ». / J'aide les réfugiés ukrainiens en France.
La poésie capture des moments.
Tout est temporaire, nous compris.

* * *

ÇA NE S'ÉPUISE PAS !

j'ai beau crier, le son est défaillant
j'ai beau écrire, les mots me manquent
même si on les chuchote dans chaque oreille,
même si on les grave sur chaque mur,
la douleur persiste sans fin.

toute conversation culmine enfin
par l'apparition des stigmates de la guerre
car ce n'est pas la panique qui nous étouffe
mais une pénurie d'air
dans cette pièce
les femmes essuient des larmes discrètes dans leur mouchoir en voilant leur regard
les hommes plongent leurs yeux dans le vide et la bouteille
mais où trouver assez de vaisselle pour contenir
ce déluge de souffrance humaine
bientôt il n'y aura plus ni murs ni oreilles
mais la douleur, elle, revient, intacte,
et on ne saura même pas comment elle nous aura empoisonnés
alors, peut-être, on finira par s'y habituer ou peut-être pas

Lyon, France
30 mai 2022, 19 h 45
Traduit par Lida Zinko

V.
COMBATTANTS QUI ONT DONNÉ LEUR VIE DANS LA GUERRE CONTRE L'ENVAHISSEUR

Вони віддали життя за Україну!

Nadiya AHAFONOVA (TORKHOVA)
44 ans, Mykolaïv.
Philologue, juriste. / Retrouvée morte sous les décombres du bâtiment de l'Administration publique d'oblast de Mykolaïv, détruit par un missile russe le 29 mars 2022.
Chante un hosanna à la pluie (2010). La composition de son deuxième recueil de poèmes a été interrompue par la guerre.
La poésie est une paille inébranlable au bord de l'abîme.
« L'amour n'aura pas de fin ! » (1 Co 13, 8).

* * *

À LA TROISIÈME SEMAINE, RIEN DE NOUVEAU

À la troisième semaine, peu importe quel jour on est :
tous les jours de semaine et les week-ends ont fusionné en une masse indivisible,
le cours habituel de la vie s'est transformé en un rêve chimérique,
dont tu préfères ne plus rien savoir : la santé mentale est plus importante.
Je ne suis pas en mesure de voir mes amis, dont quelques-uns sont encore dans la ville. Il ne me reste que les Saintes Écritures.
Je passe mon temps libre entre les sirènes dans des files d'attente pour la nourriture, les médicaments, pendant des heures :
une heure et demie pour acheter de l'orge perlé et des conserves,
deux fois plus de temps pour acheter de la camomille en sachets en pharmacie et que sais-je encore…
Mais le plus difficile est de sortir du silence –
les explosions n'ont pas tant détruit des maisons de la ville
que tous les mots et pensées, la routine :
je n'arrive plus à les remettre en ordre.

Mykolaïv
15 mars 2022, 19 h 28
Traduit par Olena Kompletova

Victoriya AMELINA
36 ans, Lviv.
Écrivaine. Faisant du bénévolat depuis 2014, elle documentait les crimes contre l'humanité commis par les Russes. / Morte à la suite d'une frappe de missiles russes sur Kramatorsk, qui ont détruit une installation civile.
Prix littéraire de l'Union européenne, prix Joseph-Conrad, et plus.

* * *

Nos pertes militaires étant classées secret défense
Il n'y aura pas de chiffres jusqu'à la fin de la guerre
Il y aura un voisin, le mari d'une femme bizarre,
Qui plantait des fleurs rouges
Un ami qui n'a prévenu personne
Le professeur que nous aimions tant
Et la fille qui embêtait tout le monde
Un artiste que tout le monde a toujours aimé
Et lui, il semblait aimer cette fille

Au nom d'un secret d'État
Je jure que je ne compterai pas les morts
Je ne compterai pas jusqu'au bout
Et jusqu'à la fin de la guerre
(En fait, j'ai commencé, mais les chiffres m'ont échappé)

Lviv
7 mai 2022, 00 h 39
Traduit par Olena Mamossiouk, relu et corrigé par Veronica Halytchyna, Halyna Dranenko, Marie-France Clerc

Hlib BABITCH, « Lientiaï » (Fainéant)
53 ans, Kyïv.
Homme d'affaires. Participant à l'album audio du groupe musical Kozak Systems. / Combattant volontaire des FAU, participant de l'ATO/JFO. / Le véhicule militaire où il se trouvait a sauté sur une mine dans la région de Kharkiv, entraînant sa mort.
Les Muses furieuses devraient réveiller le monde à haute voix et le tirer de la vie paisible, tranquille et bien nourrie vers le monde noir et blanc de la guerre.
Gloire à l'Ukraine !

* * *

Les jours se succèdent comme les balles des cartouchières,
Et les citadelles – les villes – allument l'enfer des ponts et des autoroutes.
Et tout autour, des esclaves marqués au fer rouge sur le front escaladent les fissures,
Ils veulent, nous, les têtus, nous libérer de notre liberté.

Ils rêvaient des fleurs, des sourires, des enfants qui apportent les clés des villes,
Et des bataillons qui laissent leurs armes et attendent la clémence.
Mais il s'avère que chaque molécule d'espace a un but précis,
Et chacun puise sa force dans des milliers de puits sans fond.

Qu'y a-t-il dans l'attaque ? Une virgule ? La fatigue, une pause ou la mort ?
Comment attends-tu la mort dans la boue du champ ?
Et nous tournons les meules qui, en craquant, vous transforment en poussière,
Nous faisons tourner le hachoir à viande dans lequel les démons vous ont mis.

Tu implores la pitié ? Es-tu chagriné ? Tu dis : maman, je veux revenir ?
Pourquoi as-tu coupé cette pitié par des chars comme par un couteau ?

La pitié est morte, ainsi que les enfants, dans la maison détruite par un Grad.
Toi, la canaille, ne crains plus l'enfer. Car tu es déjà en enfer.

Il n'y a pas d'issue pour toi, car on t'a déjà laissé seul,
Bien qu'on vous donne encore des ordres et vous dise : sers, bête, sers !
Tout cela se terminera par un retour honteux sur un bouclier immonde.
Ou dans un fossé silencieux au bord de la route. Cours, si tu as le temps. Cours…

Forces de défense territoriale des FAU, front, oblast de Kyïv
6 mars 2022, 12 h 58
Traduit par Tetiana Tourevytch, relu et corrigé par Olena Kharytonova, Veronica Halytchyna, Claude Hecham

Oleksandr HOCHYLYK (Molfar MAUDIT),
« Sto devyatyi » (« Cent neuvième »)
27 ans, Kyïv.
Programmeur / Service dans les FAU. / Mort au combat dans la bataille pour Bakhmout.
La poésie soigne et soutient la force de l'esprit.
L'humanité doit vaincre le mal.

* * *

MON EXISTENCE

Le calme.
L'éternité résonne comme un doux sifflement dans ma tête.
L'attention portée au son dissout l'espace autour de moi.
Tout a commencé avec lui.
Le silence.
Plus près de la surface, le monde est recouvert de blocs de béton.
Les yeux humains regardent un monde gris, amer, rempli de douleur.
La guerre.
Le cœur collectif a mal et souffre,
Il demande de la chaleur.
Ma lucidité me fait prendre conscience que je suis bien trop petit pour le réchauffer.
Dieu.
J'ai laissé la guerre pour Lui.
Moi, je ne suis que celui qui disparaît afin qu'Il se révèle.
L'existence.
J'existe. Sans raisons, images ni histoires.
J'existe. Avant l'expérience.
J'existe. Avant le son.
La joie.
Celui qui souffre a disparu.
J'existe. Je me réjouis.

Forces armées de l'Ukraine, front, village de Svitlodarsk, district de Bakhmout, région de Donetsk
11 mai 2022, 21 h 42
Traduit par Inna Taliants, corrigé par Justine Donche-Horetska

Oleh KLIOUFAS, «Джаз» (« Jazz »)
43 ans, Lviv.
Philosophe, poète, traducteur. / Service militaire dans les Forces de défense territoriale des FAU.

* * *

… Et ils songèrent à s'emparer de son sud.
Et ils songèrent à s'emparer de son est.
Et ils songèrent à s'emparer de son nord et de son centre.
Et ils furent prêts à renoncer à son ouest.
Mais soudain, elle est toute devenue l'ouest…
En quelque sorte ultime dans son ensemble,
Effectivement.

Lviv
3 mars 2022, 09 h 23
Traduit par Tetiana Katchanovska, relu et corrigé par Marie-France Clerc et Jean-Philippe Tabet

Maksym KRYVTSOV, « Dali » (« Dalí »)
33 ans, Kyïv.
Rédaction et travail avec les enfants. / Service dans les FAU. / Tué au combat.
La fonction de la poésie reste inchangée : observer, fixer, enregistrer.

* * *

Sur les chemins et dans les jardins,
Des corps.
Un avril froid.
L'emblavement.

Bras, jambes, peau
Le vent cingle les yeux.

Marie creuse
Des tranchées
Elle creuse,
Sans savoir comment.

Les chérubins
Portent les cartouches
Les séraphins
Trônent sur les chars

Jean
Franchit le fleuve
Sous le regard de Dieu
Et de Peroun[58]

[58] Peroun est le dieu du tonnerre et de la guerre dans la mythologie slave (de Rous).

Un printemps noir, froid.
Dans les jardins, des corps.
L'emblavement.

Kyïv
4 avril 2022, 23 h 59
Traduit par Bohdan Finiak, édité par Justine Donche-Horetska, relu par Jean-Philippe Tabet, Marie-France Clerc

Oleksandre MOKROVOLSKY
77 ans, Irpine, oblast de Kyïv.
Écrivain, poète, traducteur. / J'ai réussi à quitter la zone de combat.
La poésie lance l'appel à la bataille !
Aimons la vie et l'Ukraine !

* * *[59]

Un serpent est sorti de son œuf ! Un python.
Le pope du jeudi, qui vénère le quatre[60],
Est entré en mystique au pays des cosaques !
Il nous déteste tant qu'il envoie des mignons[61],

Que le moustique se transforme en gorgone.
Ouste, sang de $_{\text{P}}$outine ! Un rêve qui me marque :
Il cherche à m'assaillir armé d'une matraque ;
Tueur amoral, sauveur ? Mourra-t-il, ce python ?

C'est du $_{\text{T}}$ché$_{\text{K}}$a-$_{\text{G}}$é$_{\text{B}}$isme[62] ! Il veut tous nous flanquer
Dans un parc jurassique où nos voix isolées
Crieront. Il attend que digère simplement

---

[59] Ce sonnet a été écrit par Oleksandre Mokrovolsky à Irpine, alors sous occupation ruZZe. C'est avant la libération de cette ville satellite de Kyïv que l'auteur l'a dicté par téléphone (ainsi que ses traductions en trois langues, dont le français) à notre rédacteur en chef : tâche particulièrement ardue car le vocabulaire utilisé dans le sonnet et ses traductions échappe aux normes et rappelle les jeux linguistiques du *Finnegans Wake* de James Joyce. Ce fut un acte civique exceptionnel pour le poète et traducteur que de s'exprimer ainsi, sous la forme d'un sonnet, le quatrième jour de l'invasion $_{\text{r}}$usse, au milieu des explosions et des frappes aériennes, alors que l'Ukraine était en flammes : les FAU combattaient les ruZZes près de Kyïv, tandis que des foules de civils lancées sur les routes fuyaient la zone des combats.
[60] $_{\text{P}}$outine, qui affiche ouvertement son soutien au pope en chef de l'église orthodoxe de $_{\text{M}}$oscou, semble obsédé par le chiffre 4 : invasion de la Crimée (2014), début de la guerre en Ukraine (jeudi, 24 février…).
[61] Les « mignons » sont des escouades de tueurs déguisés en civils ukrainiens.
[62] C'est le KGB.

Le serpent de $_{R}$ussie. Le dogue du $_{K}$remlin[63]
Bêle dans le plantain et un son grasseyant
Surgira-t-il encor' de la terre en déclin[64] ?

Irpine, oblast de Kyïv
28 février 2022, 03 h 30
Traduit par Oleksandre Mokrovolsky, relu et transcréé par Jean-Philippe Tabet

---

[63] La vieille race des molosses $_{r}$usses est de retour comme la mauvaise herbe.
[64] Le « son grasseyant » est une allusion à l'élocution particulière de Lénine, qui roulait les « R ». Le bolchévisme est-il de retour ?

Ihor MYSSIAK, «Поет» (« Le poète »)
30 ans, Kyïv.
Assembleur de matériel électrique. / Service dans les FAU. / Mort en défendant Bakhmout.
La seule chose importante est la liberté.

* * *

SALUT DE LA STEPPE, GRANDIS VITE

on dit qu'ici, dans la steppe, seule l'herbe s'enracine.
elle s'épaissit comme la paix qui n'adviendra probablement pas de sitôt.
si tu ne crois pas en toi, pourquoi donc crois-tu aux miracles ?
Je me languis de ta voix et de la pierre chaude de la ville.

on dit qu'ici, dans la steppe, il est vain de prier.
la prière ricoche sur les portes sacrées de l'Éden.
les mots sont comme l'eau, mais dans la steppe il n'y a pas d'eau…
Je me languis de ta voix, de chacun de ses sons.

on dit qu'ici, il n'y a que le sommeil et l'herbe, l'herbe et la steppe.
le jour est né ici, il a duré, duré puis s'est figé.
il n'y a pas de voix ici, pas même la tienne,
partout, il n'y a que l'herbe, l'herbe et la steppe…

on dit qu'ici, je ne pourrai m'acclimater, que je vive ou non,
ici, même le jour ne vit pas, il meurt, brûlé par le soleil.
où que l'on regarde, il n'y a que le murmure muet de l'herbe.
Je me languis de ta voix et de la pierre chaude de la ville.

FAU, front, région de Mykolaïv
29 mai 2022, 22 h 28
Traduit par Justine Donche-Horetska, relu par Jean-Philippe Tabet

Yourii ROUF (Yourii DADAK)
42 ans, Lviv.
Professeur agrégé à l'université nationale forestière de Lviv, scientifique, sportif, créateur du festival « Kholodny Yar » et de la marque « Gwear ». / Soldat volontaire des FAU. / Mort au combat près de Popasna, oblast de Louhansk.
Projet « L'esprit de la nation » parle de soi-même : c'est cela, la poésie.
Nous vaincrons $_{M}$oscou !

* * *

Nous te vaincrons, féroce $_{M}$oscou,
Je le sais, nous pourrons briser
Ces si lourdes chaînes d'acier
Et reprendre ce qui est à nous.

Nous te vaincrons, féroce $_{M}$oscou,
Car notre devise c'est « Victoire ! »
Et pour approcher ce jour de gloire,
Vainquons le Petit-$_{r}$ussien en nous !

Et je crois qu'on est déjà vainqueurs
En surmontant nos peurs, nos failles.
Or le grand se révèle aux détails
Et à l'aube flottent nos couleurs.

Traduit par Viktor Tourtchaninov, révisé par Olena Kharytonova, Tetiana Katchanovska, Marie-France Clerc

Serhiï SKALD (Serhiï BALAMOUTOVSKY) « Chprot »
44 ans, Tchernivtsi.
J'écrivais des poésies. / Soldat volontaire du bataillon Azov de la Garde nationale de l'Ukraine. / Mort au combat en défendant Azovstal.
La poésie soigne l'âme, offre du soutien.
L'Ukraine, c'est l'audace, le patriotisme, l'amour et la vie sans exagération.

* * *

LA MORT SEULE OU LA VICTOIRE FERA L'AFFAIRE !!!

Je vois le ciel, les nuages, je vois l'horizon…
Je peux entendre le tocsin de guerre !
Aidez-moi à bien soutenir mon front,
Âmes glorieuses des soldats en pierre !

Ô berserkers de la contrée du Nord,
Vieillesse paisible vous aviez comme punition,
Je vous prie : brûlez dans un feu, dehors,
Dans mon indifférence et avec ma conciliation.

Que les cosaques avancent, tambour battant,
Que Sitch réchauffe l'âme aujourd'hui,
J'entends les sorciers à travers le temps,
Ceux qui pouvaient changer les jours en nuits !

L'ennui sera dissipé par le vent
Des monts rebelles nommés les Carpates,
Là où, dans les cachettes, le commandant
Nous a gardé les mitraillettes en hâte[65].

[65] Formée en octobre 1942 en Volhynie, l'Armée insurrectionnelle ukrainienne (UPA) était la branche militaire de l'Organisation des nationalistes ukrainiens, dont l'un des dirigeants était Stepan Bandera. L'UPA avait pour objectif principal d'instaurer un État ukrainien indépendant.

Que la grandeur de l'esprit vienne du ciel,
Avec les aigles d'acier de haute taille,
Que les régiments hardis galiciens
Nous accompagnent pour la dernière bataille !

Ô vous, âmes des luttes libératrices,
Venez nous aider, vous pouvez le faire.
Montrez du zèle, de la force, de la prouesse,
La mort seule ou la victoire fera l'affaire !

Tchernivtsi
15 février 2022
Traduit par Volodymyr Kyrpyta, relu et corrigé par Halyna Dranenko.

Danyïl SYTCHOV « Bronik » (« Gilet »)
23 ans, Marioupol.
Ouvrier à l'usine Azovstal. / Sergent à la 3e brigade d'assaut des FAU. / Mort au combat lors de la contre-offensive dans la bataille de Bakhmout.
La poésie est importante.
Faisons preuve de zèle, d'unité, de fraternité.

* * *

Lorsque la mort
m'a regardé dans les yeux,
Son reflet y est resté pour l'éternité.
L'écoulement froid
des minutes de la vie
Est encore plus insoutenable sans finalité.
Qu'est-ce qui, par sa chaleur,
peut combler,
Donner de l'espoir ?

Je suis un étranger pour les gens,
un étrange vagabond,
Sans maison, sans cœur,
le corps meurtri.
J'aurais voulu certainement,
il fut un temps,
Partager la route avec quelqu'un
Main dans la main,
cheminant à l'unisson.
Mais les gens autour
Cherchaient un rêve
uniquement pour eux-mêmes,
Et moi,
seulement un moyen
De réaliser le mien.

Les mitrailleuses crépitent,
les obus sifflent au ciel
Mais mon cœur respire la sérénité.
C'est dommage, sans doute,
ou bien il doit en être ainsi :
Le vent de l'amour passe
à côté de moi
Pourtant, je me souviens d'une fleur,
Le nom de cette douceur est Khrystyna.

Dnipro
1er mai 2022
Traduit par Justine Donche-Horetska

Illia TCHERNILEVSKY
30 ans, Kyïv.
Poète, chanteur, compositeur. / Soldat volontaire des Forces armées de l'Ukraine. / Mort lors d'un combat.
La poésie soutient, inspire, provoque la réflexion.
« Soyons en vie, en bonne santé, / Que la victoire et la paix arrivent chez nous » (extrait du dernier poème de l'auteur).

* * *

La vilaine tempête d'éclats et de balles
Danse haut dans les airs, siffle juste à nos pieds.
Et mon mitrailleur me dit d'un ton cordial :
« Illia, mon vieux, allons batailler. »

Désormais, notre vie se réduit bel et bien
À la taille d'une tranchée froide, étroite, voilà.
Et moi, en rechargeant, je me rends compte combien
J'ai envie d'un Snickers et d'un Coca-Cola.

J'ai envie de silence, sans mines, sans obus.
Je veux juste serrer mon amie dans mes bras.
Mais les pensées paisibles sont jetées au rebut
Et la froideur des grenades suce mes doigts.

Hier, Youra[66] et moi, tous les deux, avons fumé.
Youra m'a confié des souvenirs de vendanges.
Et puis ce matin, un projectile nous a visités,
Et Youra a été emmené trop tôt par les anges.

[66] Youra, diminutif affectueux pour Yourii.

La guerre ne pardonne pas le mensonge perfide.
La guerre verse toujours du venin au repas.
Et je cache mon cœur dans une armure solide
Qu'on ne peut pas briser. On ne me rompra pas.

Et le soleil se lève
Et adresse à tout le monde
Ses paroles d'avril, ardentes, pleines d'espoir :
« Que bientôt la joie du relèvement nous inonde !
Nous devons tous croire à la victoire. »

Mon doigt enlace fort l'anneau de la grenade,
Comme une mère chérissant son enfant,
Et quand les RuZZes reprennent la canonnade,
Je me dis que je reviendrai
Sûrement.

FAU, front, village de Novosselivka Drouha, près d'Avdiyivka, oblast de Donetsk
30 avril 2022, 18 h 52
Traduit par Volodymyr Kyrpyta, relu par Veronica Halytchyna, Tetiana Katchanovska, Marie Bucourt, Marie-France Clerc

TABLE DES MATIÈRES

COMITÉ DE RÉDACTION

Marie-France CLERC
80 ans, La Cadière-d'Azur, France.
Écriture, lecture, famille, amis. / La guerre a réveillé mon passé familial : les barbares sont de retour !
La poésie aide à rester vivant ; partage des valeurs ; témoigne ; donne de l'espoir.
Des Ukrainiens meurent pour votre Liberté !

Tetiana KATCHANOVSKA
53 ans, Kyïv.
Traductologue, enseignante-chercheuse au département de Théorie et de Pratique de la traduction des langues romanes M.-Zerov, université nationale Taras-Chevtchenko de Kyïv ; membre du bureau de l'Association des professeurs de français d'Ukraine. / J'essaie de contribuer de mon mieux à la victoire de l'Ukraine et du monde libre.
La poésie s'oppose aux monstruosités esthétiques et idéologiques.
poutine doit être traduit devant la Cour de La Haye.

Jean-Philippe TABET
67 ans, Ottawa, Canada. Formateur professionnel certifié. / Notre humanité n'est jamais acquise.
La poésie nous redonne notre humanité.
N'ayons pas peur !

Volodymyr TYMCHUK
46 ans, Lviv.
Poète et traductologue. J'ai organisé la Journée mondiale de la poésie pour l'Ukraine. Rédacteur en chef de In principio erat Verbum.
Ukraine : La poésie en guerre (Lviv : Éditions Astrolabe, 2024).
La poésie est air, sang, mouvement et silence.
Avec l'Ukraine nous créons un nouveau monde.

CORRECTEURS-RELECTEURS

Marie BUCOURT
38 ans, Marrakech, Maroc.
Formatrice d'enseignants de français et en français. / La guerre m'a rappelé qu'il faut vivre dans le présent.
La poésie permet de s'exprimer.
Que la Paix soit.

Jérôme CONSTANTIN
36 ans, région parisienne. Professeur de lettres qui a travaillé plusieurs années en Ukraine. / La guerre en Ukraine m'a choqué au point que je suis parti là-bas pour aider.
La poésie permet d'exprimer l'indicible de la guerre.
Mon message au monde : les démocraties occidentales doivent de toute urgence intervenir militairement en Ukraine.

Claude HECHAM
78 ans, Melun, France.
Retraitée, ancienne professeure de lettres classiques. / J'ai craint pour mes amis, je ne comprenais pas ce qu'il se passait.
La poésie communique des sentiments, inspire de l'admiration.
« Ils ne passeront pas ! »

Marie PALEWSKA et Bernard JACQUIER
50 ans, Saint-Nicolas-de-Port, Lorraine, France.
Professeurs de lettres classiques. / Nous étions indignés. Nous avons découvert l'Ukraine (peuple, culture…).
La poésie permet de résister, donne de la résilience et de l'espoir.
À cœur vaillant rien d'impossible.

Dans le cadre de cette anthologie poétique, les éditions Abstractions précisent que cet ouvrage a bénéficié d'une correction réalisée par Laurence Cambin, Roxane Lopez et Marie-Agnès Ollier.

TRADUCTEURS

Inna BOURA
32 ans, Kyïv.
Traductrice de l'anglais et du français, bénévole.
Je voudrais transmettre la douleur des Ukrainiens et le développement de la poésie ukrainienne.

Justine DONCHE-HORETSKA
34 ans.
Traductrice-interprète. / Volontaire dans l'association « Ukraine is Europe ».
Traductions publiées en langue française : *Persécutés pour la vérité : Les gréco-catholiques ukrainiens derrière le rideau de fer* (2018), *Histoires sur les roses, la pluie et le sel* (2020) de Dzvinka Matiyash, *Loin d'ici, près de nulle part* (2021) d'Artem Chapeye.
Exprimer l'indicible.
Ensemble, nous sommes plus forts.

Halyna DRANENKO
50 ans, Tchernivtsi.
Chercheuse en langue, traduction et littérature, directrice du département de Philologie romane et de Traduction à l'université nationale de Tchernivtsi Yourii-Fedkovytch ; chercheuse invitée à l'université de Lorraine (laboratoire Crem).
Organisatrice de colloques thématiques (Metz, Bordeaux, Madrid, Tchernivtsi). Un des axes de recherches : les pratiques littéraires destinées à enregistrer et à conserver la mémoire des crimes contre l'humanité. Fondatrice et éditrice du premier site estudiantin sur la littérature ukrainienne, je suis engagée dans la promotion de la littérature ukrainienne (*Le Grand Continent*, *Le 1*). Je coordonne l'aide aux Ukrainiens dans le cadre de l'association Échanges Lorraine-Ukraine.
Traduire notre littérature est aussi une tâche importante pour la survie de notre langue et de notre culture, et pour l'enrichissement des cultures européennes. Aujourd'hui, il apparaît que l'Ukraine est à la pointe de la défense des valeurs

européennes les plus importantes et en paie le prix fort.
La littérature ukrainienne était et est porteuse de ces valeurs.

Christine ELIYACHEVSKI CHRAIBI
76 ans, Toronto – Mulhouse – Lviv.
Enseignante, correctrice-relectrice et traductrice à l'Euromaidan Press.
La poésie de guerre, c'est la vie, l'identité, l'innocence, la loyauté, le courage, l'humanité, la douleur, la souffrance et bien d'autres choses encore.
Avec l'Ukraine au cœur !

Bohdan FINIAK SHATIONRIOT
25 ans, Lviv.
Enseignant et bénévole.
La poésie reflète l'esprit du peuple et de l'époque.
Nous sommes maudits par l'existence.

Veronica HALYTCHYNA
23 ans, Boutcha, oblast de Kyïv.
Traductrice, musicienne. / J'ai ressenti de l'espoir. J'ai passé une semaine au sous-sol, et j'ai dû fuir mon foyer pour la deuxième fois, cette fois-ci pour arriver en Transcarpathie.
La poésie aide à comprendre.
Cette guerre est importante non seulement pour l'Ukraine, mais pour le monde entier.

Olena KHARYTONOVA
53 ans, Vinnytsia.
Enseignante du département de Langues romanes à l'université nationale Vassyl-Stous de Donetsk.
Tutrice de 13 étudiants en traduction, correctrice-relectrice. / La guerre m'a brûlé l'âme même ici, loin du front.
Je ne peux rien lire maintenant sauf de la poésie.
Le monde doit savoir que l'Ukraine existe et ne cessera jamais d'exister, malgré toute la douleur et la souffrance.

Volodymyr KYRPYTA
73 ans, Olcksandria, oblast de Kropyvnytsky.
Philologue et traducteur de poésie.
La traduction favorise la compréhension entre les peuples.
L'amour est plus doux que les querelles.

Nataliya MYKOLAYÉVYTCH-DJOUMAN
46 ans, Lviv.
Enseignante de FLE, traductrice, tutrice du dispositif Pro FLE+.
Ordre des Palmes académiques.
Le mot est une arme.
Créer c'est vivre.

Olena PYSSAREVSKA
44 ans, Lviv.
Professeure de FLE, traductrice, interprète au festival Printemps français en Ukraine, lors du tournage du documentaire *Les Évadés de Rawa Ruska, témoins de la Shoah* par la réalisatrice Chochana Boukhobza, Paris.
Les poètes et les guerriers ont la même fonction pendant la guerre : rapprocher la victoire.
L'art ne peut pas être en dehors de la politique.

Inha YATSENKO
Kharkiv.
Enseignante à l'université nationale Vassyl-Karazin de Kharkiv et à l'Alliance française de Kharkiv. Chevalier des Palmes académiques.

PETIT DICTIONNAIRE EXPLICATIF DES RÉALITÉS

I. Abréviations de termes militaires

AIR : Armée d'invasion (occupation) de la $_R$ussie ; forces d'une « opération militaire spéciale » en Ukraine déclarée le 24 février 2022 par le régime $_r$usse (voir résolution du Parlement européen sur la désinformation et falsification de l'histoire par la $_R$ussie pour justifier sa guerre d'agression contre l'Ukraine – 2024/2988(RSP)).

ATO : Anti-Terrorist Operation, Opération antiterroriste (avril 2014-avril 2018).

DCA : Défense antiaérienne. Cette défense concerne l'ensemble des moyens militaires mis en action pour assurer une protection efficace contre les attaques aériennes ennemies.

FAU : Forces armées de l'Ukraine.

FDT : Forces de défense territoriale des FAU.

FDU : Forces de défense de l'Ukraine, la nation ukrainienne ayant été confrontée, le 24 février 2022, au défi de repousser une invasion à grande échelle par la Fédération de $_R$ussie.

JFO : Opération des forces conjointes (Joint Forces Operation). Engagée à un respect rigoureux du cessez-le-feu le long de la « ligne de contact », elle a cherché un règlement politique au conflit (avril 2018-24 février 2022).

II. Explications concernant les systèmes d'armement

AKM : fusil d'assaut Kalachnikov.

Bayraktar TB2 : drone tactique d'attaque qui a fait preuve de son efficacité non seulement dans la destruction des véhicules blindés appartenant aux colonnes des forces d'occupation non couvertes par la DCA, mais aussi dans l'opération contre le *Moskva.* Ce modèle de drone, qui a équipé les FAU, a pu être acheté – et c'est quasiment une première dans le monde – grâce à une collecte effectuée par des citoyens ordinaires d'un pays qui n'était pas directement impliqué dans la guerre, en l'occurrence la République de Lituanie.

Grad BM-21 : lance-roquettes multiple soviétique de 122 millimètres développé dans les années 1960, que l'armée russe possède en abondance et qu'elle utilise largement en Ukraine.

Javelin FGM-148 et NLAW : lance-missiles antichars portatifs reçus par l'Ukraine en 2018.

Kalibr 3M-54 : système de missiles multirôles de la marine soviétique puis de l'armée et de l'aviation russes.

***Moskva* :** croiseur lance-missiles et navire amiral de la flotte russe de la mer Noire, coulé le 14 avril 2022.

Neptune : missile de croisière de fabrication ukrainienne, dont l'utilisation est liée au *Moskva* et à la destruction du système de DCA S-400 Trioumf, capable de contrôler la situation dans l'ensemble de la mer Noire.

NLAW : voir Javelin.

III. Éléments géographiques et leurs environnements spécifiques liés à la guerre

(Il convient de rappeler que le sang des soldats-héros ukrainiens, ainsi que des volontaires d'autres pays, bat pour la défense de chaque mètre de terre ukrainienne, et non de façon métaphorique.)

Aïdar : rivière d'Ukraine, affluent du Donets.

Bakou : capitale de l'Azerbaïdjan.

Borovenky : oblast de Louhansk, district de Sievierodonetsk. Ce village ukrainien est actuellement occupé par la Russie.

Borodyanka : village près de Kyïv, sous occupation russe jusqu'à fin mars 2022.

Boutcha : banlieue de Kyïv, contrôlée par l'AIR jusqu'à la fin du mois de mars 2022. Après la libération de la ville, les procureurs, en présence d'observateurs d'organisations internationales de défense des droits de l'homme et des médias du monde entier, ont enregistré de nombreuses violations des lois de la guerre par la Russie, notamment des meurtres de masse, après la torture de civils, ce que le Kremlin officiel nie, tout comme les autres crimes de cette guerre (Izioum, Boutcha, Kherson, Olenivka, Marioupol) et tous les crimes historiques : collaboration avec l'Allemagne nazie en 1932-1941 (voir résolution du Parlement européen 2024/2988(RSP) : « *G. considérant que non seulement la Russie n'a pas reconnu le rôle initial impardonnable de l'Union soviétique dans les premières phases de la Seconde Guerre mondiale, par exemple à travers le traité de non-agression de 1939 entre l'Allemagne nazie et l'Union des républiques socialistes soviétiques (Union soviétique) et ses protocoles secrets, communément appelés le pacte Molotov-Ribbentrop de 1939, dans lequel les deux régimes totalitaires ont conspiré pour diviser l'Europe en sphères d'influence exclusives, et n'a pas non plus assumé sa responsabilité dans les nombreuses atrocités et les crimes de masse commis dans les territoires occupés par l'Union soviétique, mais le régime russe actuel a également instrumentalisé l'histoire et créé un culte de la "victoire" autour de la Seconde Guerre mondiale afin de mobiliser idéologiquement les citoyens et de les manipuler pour qu'ils soutiennent une guerre d'agression illégale* » ; journaliste ukrainien Petlioura, qui dirigea le gouvernement de la République populaire ukrainienne (1925) ; officier russe du

GRU Skripal (2018) ; exécution d'officiers de l'armée polonaise internés près de Katyn (1940) ; chute des avions de passagers MH17, en 2014, et Azal, en 2024, etc. De nombreux dirigeants mondiaux et personnalités importantes ont visité la ville pour rendre hommage aux civils tués par les criminels de guerre russes.

Don et Kouban : peuplées initialement par des cosaques ukrainiens, ces régions furent pacifiées et totalement assimilées par l'Empire russe.

Donbass : l'apogée du développement du Donbass (abréviation de « bassin du Donets ») est associé à l'exploitation intensive des gisements de charbon depuis le XIXe siècle. Auparavant, il s'agissait de la périphérie des colonies cosaques. Le gouvernement de l'Empire russe a favorisé la réinstallation des Ukrainiens des provinces voisines dans le bassin du Donets, mais a également eu recours à la création de colonies grecques (comme Marioupol), serbes, allemandes, belges et autres, ainsi qu'à l'envoi d'éléments criminels aux travaux forcés. Par conséquent, la fusion de ces ethnies et communautés différentes ne pouvait être qu'un conglomérat russifié, sur lequel Moscou s'est appuyé pour asservir ou déstabiliser l'Ukraine.

Hostomel : ville proche de Kyïv, qui abrite un aérodrome militaire cherchant à capturer la force d'atterrissage de l'AIR afin de déployer des troupes en vue de se frayer un chemin jusqu'à la capitale ukrainienne (voir l'opération russe menée au Kazakhstan en janvier 2022). C'est ici que la course de l'Antonov An-225 Mriya (rêve), le plus long et le plus lourd avion au monde, s'est terminée.

Irpine : banlieue de Kyïv, contrôlée par l'AIR jusqu'à la fin du mois de mars 2022. Voir Boutcha.

Monts Jigouli : collines dans la région de la Volga, en Russie.

Kharkiv : plus grande ville de la rive gauche de l'Ukraine. Jusqu'en 2022, plus de 50 % des habitants de la ville parlaient russe au quotidien, et le paysage urbain de la ville était étroitement associé aux figures culturelles russes et soviétiques ayant vécu à Kharkiv. Cela n'a pas empêché l'AIR de larguer des bombes, des missiles et des drones sur les habitants de Kharkiv pendant trois ans, sous le prétexte de la protection de la culture russe en Ukraine.

Kherson : un des plus grands ports de la côte de la mer Noire, d'où sont exportées des céréales destinées à des programmes alimentaires dans le monde entier, notamment pour pallier les pénuries de pain. Kherson a été occupée par les Russes jusqu'à la fin de l'année 2022. Le premier changement apporté par les occupants à la ville a été d'installer des panneaux d'affichage dans les rues avec des images de Pouchkine, Tolstoï et autres figures culturelles, proclamant que Kherson était une « ville russe ». Moscou a inclus la ville (et Zaporijjia) comme partie intégrante de la Russie dans sa Constitution, en violation du droit international. Aujourd'hui, les habitants de la ville sont terrorisés par les soldats russes, qui larguent des explosifs depuis des hélicoptères ou frappent des voitures avec des drones FPV.

Kouber : petite rivière de l'oblast de Soumy.

Marioupol : ville libérée des envahisseurs russes en juin 2014. Depuis lors, elle s'est imposée comme le centre des régions ukrainiennes limitrophes de la mer d'Azov et comme le lieu de cantonnement des unités militaires en état de combattre dans le cadre de la JFO.

Melitopol : une des plus grandes villes de la rive gauche de l'Ukraine, avec deux universités, et le centre agricole de l'Ukraine. Sous occupation russe depuis fin février 2022.

Odessa : la plus grande ville et le plus grand port de la mer Noire. La flotte de la mer Noire de l'AIR, qui s'apprêtait à effectuer un raid dans les eaux d'Odessa, n'a pas osé débarquer : l'artillerie, combinée à des drones d'attaque (Bayraktar) et à des champs de mines piégés, a empêché le débarquement de l'AIR sur la côte ukrainienne de la mer Noire.

Pokrovsk : région de Donetsk. Malheureusement, en dix ans de guerre pour le Donbas, l'AIR a déjà atteint les frontières de cette ville cosaque à la fin de l'année 2024.

Poutyvl : ville de l'oblast de Soumy, au nord-est de l'Ukraine.

Roubijné : ville de l'oblast de Louhansk, dans l'est de l'Ukraine. Actuellement, Roubijné se trouve dans la zone occupée par la Russie. Le nom vient du mot « roubij », « frontière » en ukrainien.

Soumy : ville du nord-est de l'Ukraine. Comme Tchernihiv, elle a résisté à un siège de l'AIR. Afin de contrecarrer une nouvelle invasion qui, selon les renseignements, était préparée par la Russie, les forces armées ukrainiennes ont eu recours à une opération préventive et ont étendu la zone de sécurité à une partie de la région russe de Koursk, près de la ville de Soudja, fondée par des cosaques ukrainiens.

Tchernihiv : ville du nord de l'Ukraine, dont l'histoire est millénaire. Lors de l'introduction de l'AIR, les FAU et les citoyens qui ont rejoint les FDT des FAU et les groupes de volontaires paramilitaires ont empêché l'occupation de la ville. À la fin du printemps 2022, la région a été débarrassée des occupants.

Tchernobyl : toponyme mondialement connu à la suite de la plus grande catastrophe d'origine humaine, survenue en 1986 (à l'époque soviétique), qui ait eu lieu dans une centrale nucléaire. Depuis lors, la zone de Tchernobyl est une zone d'exclusion, puisque, en raison du niveau élevé des radiations, aucune activité économique ne peut y avoir lieu et aucun être humain ne peut y vivre. Mais cette contamination extrêmement radioactive de la région n'a pas dissuadé l'AIR de pénétrer l'Ukraine depuis le territoire de la Biélorussie, d'installer des équipements militaires et de faire stationner des troupes autour de la centrale nucléaire, qui est à l'arrêt. Par ailleurs, l'occupation militaire par les troupes russes d'une autre centrale nucléaire à Enerhodar, dans la région de Zaporijjia, inquiète un grand nombre de pays, limitrophes ou non, dans la mesure où elle pourrait remettre en cause les protocoles de sécurité et être, donc, à l'origine d'un autre accident nucléaire très grave. Le niveau de la menace a augmenté après la destruction délibérée du barrage de Kakhovka par les troupes russes en juin 2023, destruction qui a entraîné un véritable écocide dans tout le bassin du Dniepr et, par conséquent, dans la mer Noire.

Tchouhouïv : ville de l'est de l'Ukraine. Lors de l'invasion à grande échelle, des tentatives ont été faites pour s'emparer de l'AIR. Du 24 au 26 février 2022, le rédacteur de cette publication se trouvait dans les environs de la ville pour une mission d'évacuation de cadets en formation.

IV. Lexique des réalités socioculturelles mentionnées dans les poèmes

24 février 2022 : cette date n'est pas celle du premier jour de la guerre russo-ukrainienne, puisque la guerre dure déjà depuis huit ans ! L'agression militaire contre l'Ukraine a commencé le 20 février 2014, jour du début de l'opération de sabotage militaire en vue d'annexer la République autonome de Crimée et la ville de Sébastopol. Le mépris pathologique de la Moscovie pour les droits et les libertés des peuples et des nations est ancien. En fait, la campagne pour le « retour » de Kyïv sous la domination de Moscou avait commencé dès le premier jour de la restauration de notre indépendance, le 24 août 1991. Mais ce n'est qu'à partir du 24 février 2022 que cette guerre est devenue réellement visible et sujet d'actualité dans le monde entier. À partir de ce jour, le cri de ceux qui sont tombés sous les attaques de missiles et les frappes aériennes, qui ont été écrasés par des chars dans leurs voitures ou abattus par des mitrailleuses sur le pas de leur maison, monte vers le ciel et on n'a pas besoin de métaphores pour l'entendre. Les origines de cette guerre, plus que jamais existentielle, remontent au XIIIe siècle, quand commença l'éternel affrontement entre la libre Kyïv et la despotique moscou.

Cosaques : les cosaques ukrainiens des XVe-XVIIe siècles et du début du XXe siècle relèvent d'un phénomène propre à la chevalerie européenne.

Église orthodoxe russe : en 2018, malgré l'opposition de moscou, le patriarche œcuménique Bartholomée, primat de l'Église orthodoxe de Constantinople, a accordé l'autocéphalie à l'Église orthodoxe d'Ukraine, faisant d'elle la 15e Église autocéphale au monde. Avant cet événement historique, l'Église orthodoxe russe et son Église orthodoxe ukrainienne pseudo-indépendante ont agressivement accusé les autres croyants ukrainiens de schisme, les qualifiant de non canoniques. Facilités par l'immaturité civique des croyants, ces agissements ont alimenté la résistance à l'intégration européenne et euro-atlantique de l'Ukraine, et ils ont accru la vulnérabilité du pays et de la nation face à l'agression russe. Aujourd'hui, la « grande » Église orthodoxe russe d'Ukraine est devenue une secte. Voir résolution du Parlement européen 2024/2988(RSP) : « 12. condamne l'exploitation par moscou de la religion orthodoxe à des fins géopolitiques, notamment à travers l'instrumentalisation de l'Église orthodoxe russe (patriarcat de moscou) pour influencer et contrôler les populations orthodoxes en Ukraine, en Géorgie, en Moldavie, en Serbie et dans d'autres pays ».

Frères : les discours sur les « frères » et « un seul peuple » ont une base historique et culturelle dans la politique séculaire de conquête de l'Ukraine de Moscou (voir « katsape »). Il n'est pas surprenant qu'ils fassent partie de l'arsenal des autorités officielles de la Russie (voir « ruscisme ») et de toutes les institutions sociales possibles, de la sphère ecclésiastique (voir Église orthodoxe russe) à la « haute culture », aux sports et à la « protection » des droits de l'homme.

Goulag : abréviation qui désigne par extension l'ensemble des camps de travail forcé en URSS. Sous-produit symbolique du régime soviétique, il a contribué à sa « grandeur » au prix du travail forcé de millions de citoyens et de non-citoyens, y compris des prisonniers étrangers, dans ces camps de concentration organisés par les hauts dirigeants de la Russie soviétique et administrés par la police politique dans le cadre du système pénitentiaire, des années 1920 aux années 1960. Voir résolution du Parlement européen 2024/2988(RSP) : « 15. exprime le souhait que l'Union et ses États membres œuvrent en faveur d'une meilleure connaissance et d'une meilleure compréhension des souffrances humaines infligées par le régime soviétique aux Européens au cours du XXe siècle ; appelle, à cet égard, à la mémoire et au respect des victimes de crimes soviétiques, tels que les déportations massives, y compris celles des Tatars de Crimée et depuis les pays baltes, le système du goulag, l'Holodomor, les massacres tels que celui de Katyń et la tragédie de Haute-Silésie ».

Holodomor : politique à l'origine de trois famines (dont l'Holodomor), avec des actions ciblées menées par Moscou pour exterminer par la faim la couche la plus active des agriculteurs, principalement des Ukrainiens. Ainsi, la loi du 7 août 1932, dite « des trois épis de blé », punissait de dix ans de déportation « tout vol, y compris le simple vol de quelques épis dans un champ ». Le lecteur français peut se référer à la recherche de Stéphane Courtois, *Le livre noir du communisme. Crimes, terreur et répression* (1997). L'Holodomor a été reconnu comme génocide de la population ukrainienne par la Moscou soviétique par 32 pays, associations intergouvernementales et institutions publiques (APCE, Onu, Unesco, Église catholique, etc.).

Horde : ce terme est fortement associé à la Horde d'or et à la conception orientale de la responsabilité collective, qui ont exercé une influence considérable sur l'État et la société russes. Les réminiscences de ce traumatisme se retrouvent jusque dans certains vers du poète russe Alexandre Blok (1918) : « Oui, nous sommes des Asiatiques / Avec des yeux bridés et avides ! » (traduction Georges Nivat, 1966).

Katsape, **moscovite** et **Moskal** : ethnonymes historiques désignant les ressortissants de la grande-principauté de Moscou du XIIIe au XVIIIe siècle. Avec l'expansion de l'Empire russe à partir du XVIIIe siècle, ce nom est devenu un sobriquet hostile aux Russes. Les Ukrainiens nomment aussi les Russes « Mokshans ». Les mots « Moksha » et « Mokshany » apparaissent trop souvent dans les discussions sur l'histoire ukrainienne et russe. Les auteurs de ces commentaires estiment que les Russes descendent d'un groupe ethnique finno-ougrien et ne devraient pas s'associer à la Russie et aux Slaves en général.

KGB : la Tchéka est l'ancêtre du KGB. Le Commissariat du peuple aux Affaires intérieures (NKVD) était, en URSS, un organisme d'État gérant le système répressif et les camps du goulag.

Maïdan : révolution ukrainienne de la dignité. Elle a démontré la détermination des Ukrainiens à créer leur propre avenir. La victoire du peuple ukrainien en 2014 a entraîné la fuite des dirigeants de l'État de l'époque vers la Fédération de Russie, sur le soutien de laquelle ils comptaient habituellement, alignant leur politique intérieure et extérieure sur celle de Kremlin. Ces personnages sont maintenant recherchés pour trahison à l'égard de l'Ukraine. Moscou a réagi à la faiblesse de l'État ukrainien en annexant la République autonome de Crimée et a commencé à s'emparer des villes et des régions de l'est et du sud de l'Ukraine. Kyïv a lancé l'ATO en avril 2014. L'Ukraine a commencé à rétablir l'ordre constitutionnel dans ces régions. C'est à cette époque que se situe le crash du Boeing MH17 de la Malaysian Airlines, abattu par un missile russe. Finalement, la Fédération de Russie a déployé des troupes sur le sol ukrainien sans l'annoncer directement.

Mausolée : un des symboles idéologiques de la Russie, qui montre à quel point cet État est né et dépend du totalitarisme, et comment il cultive un rite quasi nécrophile, pourrait-on dire. En effet, c'est à cet endroit (sur la place Rouge, au sein même du Kremlin) qu'est exposée la momie de Lénine, l'un des créateurs de l'URSS et de la Tchéka, et l'initiateur de l'Holodomor dans les années 1920. Voir résolution du Parlement européen 2024/2988(RSP) : « *F. [...] que la Russie démolit les mémoriaux de l'Holodomor et restaure des statues à l'effigie de Lénine dans les territoires occupés de l'Ukraine qui avaient été démolies* ».

Moskal, moscovite : voir katsape.

NKVD : voir KGB.

Orque : désigne les envahisseurs russes de l'Ukraine (des soldats de l'AIR), en empruntant à la saga *Le Seigneur des anneaux*. Ce mot désigne des humanoïdes cruels et à l'aspect repoussant, issus du Mordor, le royaume des ténèbres.

ruscisme, ruSSe, rasciste, « le monde ruSSe » : Moscou a déclaré que l'objectif de l'« opération militaire spéciale » était de « démilitariser » et de « dénazifier » l'Ukraine. Se positionnant comme le « libérateur » exclusif du monde de l'idéologie nazie et faisant de la « Grande Victoire » soviétique de la Seconde Guerre mondiale un objet de culte, Moscou se veut le maître du destin, combinant l'intransigeance à l'égard de la volonté de quiconque, des campagnes de désinformation massive et l'utilisation de sa culture (littérature, musique, philosophie, etc.) à des fins de propagande. Cependant, si l'on examine attentivement l'existence historique de l'État $_{r}$usse, on constate une nette tendance au non-respect de ses engagements, à la violence, à la dictature et au contrôle global au service de l'idéologie dominante. Des citoyens de ce pays, qui reste membre permanent du Conseil de sécurité de l'Onu, ont commis et continuent à commettre des crimes contre l'humanité. Il suffit de mentionner ceux qu'ils ont commis dans des villes ukrainiennes telles que Borodianka, Boutcha, Volnovakha, Djankoï, Enerhodar, Izioum, Irpine, Marioupol, Kherson et d'autres. Si certains citoyens $_{r}$usses ont manifesté et manifestent encore leur opposition à cette politique de terreur contre les civils, les enfants, les personnes âgées et les personnes handicapées, le clergé et les prisonniers de guerre, d'autres citoyens $_{r}$usses ne font rien pour faire cesser la guerre d'agression menée par leur gouvernement, qui viole à grande échelle le droit international et les droits de l'homme. Cela a provoqué l'apparition en Ukraine de nouveaux mots désignant les citoyens $_{r}$usses qui participent à ces atrocités ou les soutiennent, et notamment le mot рашист (que nous rendons par le néologisme « rasciste »), dont l'orthographe imite le mot фашист (« fasciste »). Il est apparu en Ukraine au début de la guerre pour désigner la nature des actes de l'armée $_{r}$usse, qui ressemblent à ceux des fascistes. D'autres désignations sont souvent formées à partir des ethnonymes ou des socionymes existants, où l'on remplace certaines lettres (dont le З et le С cyrilliques) par un ou deux Z (cette lettre, peinte sur des chars $_{r}$usses dès le début de l'intervention directe $_{r}$usse, est devenue un symbole de soutien au $_{K}$remlin) ou par « SS » (qui renvoie à un des symboles du totalitarisme nazi). Le volet ukrainien comporte ainsi la graphie руSSкий, formée à partir de l'adjectif русский. Dans le volet français, nous avons choisi de la traduire par « ruSSe ». Voir résolution du Parlement européen 2024/2988(RSP) : « F. considérant que le régime $_{r}$usse a largement recours à la désinformation, y compris sur la base d'arguments historiques déformés, ainsi qu'à la manipulation de l'information et à l'ingérence étrangères afin de tenter de justifier son crime d'agression, d'inciter la population russe à soutenir son régime illégal et sa guerre d'agression illégale contre l'Ukraine voisine […] ; que le régime russe nie l'identité nationale distincte de l'Ukraine et affirme à tort comme que l'Ukraine fait partie du "monde russe" ("Rousskii Mir"), un récit ancré dans une idéologie impérialiste ; que la Russie démolit les mémoriaux de l'Holodomor et restaure des statues à l'effigie de Lénine dans les territoires occupés de l'Ukraine qui avaient été démolies » et « 13. répond à la déclaration de la Verkhovna Rada de l'Ukraine du 2 mai 2023 relative à l'idéologie du "ruscisme" en condamnant l'idéologie, la politique et les pratiques nationalistes impérialistes du régime russe actuel ; met en avant l'incompatibilité de cette idéologie, de cette politique et de ces pratiques avec le droit international et les valeurs européennes ».

Sitch : à l'époque monarchique, il était extrêmement difficile pour la liberté cosaque de créer un État stable, mais la création de la Sitch zaporogue, en tant que lieu de solidarité fraternelle entre les guerriers, a permis de défendre l'identité nationale d'un peuple à une époque où le colonialisme anéantissait l'existence des nations les unes après les autres.

Tchéka : voir KGB.

UPA : formée en octobre 1942 en Volhynie, l'Armée insurrectionnelle ukrainienne (UPA) était la branche militaire de l'Organisation des nationalistes ukrainiens (créée en 1929), dont l'un des dirigeants était Stepan Bandera. L'UPA avait pour objectif principal d'instaurer un État ukrainien indépendant.

Victoire : proclamé par le Kremlin comme le Jour de la victoire sur les nazis, le 9 mai est un symbole de la vision du monde russe, un élément central pour le culte de la victoire qui « n'a pas de prix », selon les paroles d'une chanson patriotique. Prenant forme sous le régime de Poutine, ce culte unit la société autour de l'idée d'exclusivité russe en tant que « sauveuse » du monde entier contre le nazisme. Cette conception chauviniste n'a aucun rapport avec le véritable visage de la guerre. En 2015, dans la ville occupée de Donetsk, les collaborateurs de Moscou ont commis des actes d'humiliation publique à l'encontre des soldats des Forces armées de l'Ukraine capturés (qui étaient censés être des prisonniers de guerre selon les conventions de Genève) lors du « Défilé de la Victoire ». Voir résolution du Parlement européen 2024/2988(RSP) : « I. considérant que le Jour de la victoire, célébré chaque année le 9 mai, a été transformé par le régime russe actuel en un instrument de propagande de guerre en Russie, en exploitant le récit de la "libération de l'Europe du nazisme" et en ignorant ainsi l'occupation soviétique des États baltes qui a suivi et l'assujettissement de l'Europe centrale ; que ce récit de la libération du nazisme est utilisé aujourd'hui dans la guerre d'agression menée par la Russie contre l'Ukraine ».

ŒUVRE EN COUVERTURE

© Nikita Titov, *Воїн Хмара*
(22 août 2023)

Imprimé en Union européenne
par l'intermédiaire d'ALPHA BOOK PRINT

REMERCIEMENTS

Par la publication de cette anthologie, les éditions Abstractions tiennent à graver leur admiration sans borne pour l'héroïsme des Ukrainiens et leur indéfectible soutien à l'Ukraine.

Un merci tout particulier à Ganna Fabre (Volska Literary Agency) pour son aide et son étroite collaboration à cette édition en langue française publiée chez Abstractions.

Merci à l'artiste ukrainien Nikita Titov pour la présence de son art sur la couverture de cet ouvrage.

Merci à Viktoriya Matyusha (Literary Agency OVO) et le PEN Club français pour leur soutien.

Pour leur confiance, merci à Volodymyr Tymchuk, aux auteurs présents sur ce livre, à Marie-France Clerc, aux traducteurs, aux correcteurs-relecteurs et à l'ensemble des personnes ayant permis à cette édition française d'exister.

Slava Ukraini !
Слава Україні!